JN286978

雪の褥に赤い椿

Elena Katoh
華藤えれな

CHARADE BUNKO

Illustration

小椋ムク

CONTENTS

本作品の内容はすべてフィクションです。
実在の人物、団体、事件などにはいっさい関係ありません。

1

ひとひらふたひらと、能登半島《のとはんとう》にも小雪がちらつくようになった。

海からの風が肌を凍らせ、黒々とした荒波が地上にうねりながら迫ってくるように感じられたとき、ここ——北陸《ほくりく》の地に長い冬が訪れる。

冬の始まりの金曜の夜。

「ダイスケ、そろそろ小松《こまつ》空港に晃《こう》ちゃんを迎えにいくよ」

車のエンジンをあたためたあと、朝加真臣《あさかまさおみ》は、いつものように犬のダイスケを車の後部座席に招き入れた。

ふわふわとした白とベージュの毛があたたかそうな大型の雑種犬。秋田犬《あきたいぬ》の血が入っているのが一目でわかる犬だ。

後部座席にある座布団の上に座りかけたものの、傍《かたわ》らに用意しておいた紙袋に気づき、ダイスケがクンクンと鼻を近づける。

「ダメだよ、それ、晃ちゃんの夕食だから」

晃ちゃんの夕食——という言葉で、自分のものではないと理解したのだろう、ダイスケががっくりとうなだれる。

キュンと鼻を鳴らして座布団の上にもどり、くるくると二度ほど旋回《せんかい》したあと、背中を丸めながら座りこんだ。

「ダイスケ、あとで晃ちゃんが食べるときに、少し分けてもらったらいいよ。それまでは我慢だからな」

旅館の板前さんが用意してくれた仕出し弁当。さっき受けとりにいったとき、「どうぞ」と言われ、少しだけ朝加もお相伴《しょうばん》にあずかった。

ぱりぱりでぷりぷりのエビ天、上品な味の煮付け、秋の名残の栗《くり》とシメジが入ったかやくご飯、それからだし巻き卵……なにもかもが舌が溶けそうなほどのおいしさだった。

さすが北陸一の温泉旅館——加賀苑《かがえん》の弁当。ひと味もふた味も違う。

けれどどんな料理を口にしても、この季節になると、朝加は熱々のお茶漬《ちゃづ》けとふわふわの卵焼きの素朴な味になつかしさを感じる。

（そういえば、昔は、夜、毎日のように食べてたっけ）

ふっくらとしたご飯に塩味のきいた焼き鮭《じゃけ》のほぐし身とわかめを入れ、沸騰《ふっとう》したばかりのだし汁をかけたのがとくに好きだった。

中学生のときダイスケの散歩からもどってくると、同じ時間帯に大学から帰ってきたばかりの旅館の坊ちゃん——晃ちゃんが朝加を呼びにくる。

『朝加、夜食、つきあってくれ』

金沢《かなざわ》の大学から帰宅すると夜が遅くなり、どうしても小腹が減るので、軽くでいいから空腹を満たしたい。けれど旅館の女将《おかみ》の母親は多忙だし、賄《まかな》いに頼むと本格的なものを作ってくれるので気がひける。

だからこっそりふたりで余り物でなにか作って夜食にしようと誘われたのだ。

『いいよ、一緒に食べよう』

晃ちゃん——彼とふたり、片付けをしている旅館の従業員の迷惑にならないようにと厨《ちゅう》房《ぼう》の片隅に座り、ちょっとだけ夜食を食べるのが習慣となった。

『ほら、食え』

隣に座った彼が熱々のだし汁を注いだお椀《わん》を差しだしてくる。お椀に口を近づけると、ふわっとだし汁の香りがする湯気が顔に触れ、口内にふくんだとたん、身体が芯まであたたかくなった。

『おいしい。ぼく、鮭のやつ、大好き』

『もっと食わないと、大きくならないぞ。おまえ、本当に小さいから』

『あ、でももういいよ。旅館に置いてもらっている身なのに、そんなにたくさん食べたりしたら申しわけなくて』

『気にするな。おまえがちゃんと食べてくれないと、俺ひとりが盗み食いしてるみたいじゃないか。それよりも学校は楽しいか？　今日、どんなことがあった？』

『あ、うん、今日はテストがあって…』

そんなふうに夜食をとりながら、ふたりでいろんな話をした。殆《ほとん》ど、一方的に彼のほうから、学校での話を訊《き》いてくるというパターンだったが。

（今、ふり返ると、彼の優しさだったのだろう。ぼくをひとりぼっちにさせまいとして。多分、ぼくが遠慮しないようにと）

その当時、給食以外に他人と食事をとるのは、彼と夜食をとる時間だけだった。

仲居をしていた母親が男性と駆け落ちし、ひとりぼっちになった朝加は居場所を失ってしまった。

本来なら施設に行くべきだったのだろう。そこを旅館の女将をしていた彼の母親の好意で、変わらず置いてもらえることになって。

正式な養子というわけではなかったけれど、衣食住だけでなく、必要な学費や小遣いまで与えられて何不自由なかった。

ただ反対に朝加にはそれが心苦しかった。というのも、母が駆け落ちするさい旅館の金を持ち逃げしてしまったからだ。

ここにいていいのかどうか、本当は迷惑に違いないと思うと、いたたまれなくて肩身が狭い気がしていた。そんな朝加の気持ちに気づき、彼はいろんな理由をつけて、家族のいる場所やあたたかなところに誘ってくれたように思う。

食事以外も、体育祭や三者面談、授業参観の日に、朝加が心細い思いをしないようにと気を配ってくれた。

なにか行事があるたび、彼の母親か、年の離れた姉か、或《あ》いは旅館の仲居の誰かが必ず顔を出してくれたおかげでどれほど助かったか。

だから雪が舞う季節になると、朝加はいつもあのころの彼の優しさを思いだす。

あのお茶漬けの、ほんのりと出汁《だし》のきいた心地よい味とともに。


あれからもう何年経《た》っただろう。十二年か、十三年か。

「さあ、空港に着いた。さて、今から、晃ちゃん……いや、矢神《やがみ》議員のお迎えにいってくるから、ダイスケはおとなしくここで待っているんだよ」

ふわふわとした毛を撫《な》で、ダイスケに笑顔をむけたあと、朝加は車の外に出た。

「うわっ、寒……っ」

雪交じりの風がほおをたたく。能登半島の輪島《わじま》近くから金沢を越えて小松空港まで、一気に北陸自動車道を進んできたが、このあたりもこんなに冷えこんでいるとは。

強風にうたれながら早足で空港内に駆けこんだ朝加は到着ロビーに進み、お目当ての便が到着したのを確認すると、ゲートがひらくのを今か今かと待ちわびた。サッと玄関口の自動ドアが開閉され、外からの冷気が首筋を抜けていくたび、身震いをおぼえる。

「……っ」

ああ、しまった、手袋をもってくればよかった。本当に寒い。手をすりあわせ、白い息を吐いて、せめて手の先だけでもと願うが、指先があたたまらない。

何度も何度も息を吹きかけながら、ふと硝子戸《ガラスど》に目をむけると、人のいないロビーで寒さに震えている自分の姿が所在なげに映っていた。

ほんのりと茶色がかったくせのない前髪、くりくりとした大きな目が未成熟な顔立ちを強調している。スーツにダッフルコートを着た姿は、代議士秘書というよりも制服の上にコートをはおった学生のようだ。

『ええっ、きみが矢神議員の秘書だって？　学生アルバイトじゃなくて？』

事務所を訪れる来客に名刺をわたして自己紹介をするたび、そんなふうに驚かれてしまう。もう少し年相応に見られたいのだが。

（でも……いつまで、この仕事を続けられるかわからないんだし、どっちでもいいか。もともと正式な公設秘書じゃなくて、私設の秘書なんだから）

朝加はゲートに視線をむけた。

右手には待合用の Wi-Fi も利用できるあたたかな空間もあるのだが、この時間帯になるとまったくの無人状態になってしまう。

閑散とした空間を灯している無駄に明るいライト。

そこに陳列された北陸の名産品——椿《つばき》絵入りの九谷焼《くたにやき》や加賀友禅《かがゆうぜん》の小物、艶《あで》やかな漆器《しっき》、金箔《きんぱく》の硝子細工といった工芸品だけがきらきらと明るく浮かびあがっていて、かえってわびしさを演出しているかのようだった。

ロビーには、さっきから雪の匂いを交じらせた風が駆けぬけていっている。

立っているだけで骨まで痺《しび》れ、身体の奥がぞくぞくしてくる。北陸の海沿い特有の底冷えは、日を追うごとに厳しさを増していくだろう。

けれどどれほど凍《い》てついた夜でも、ここにくるだけで朝加の心にぬくもりが広がる。

もう間もなくゲートのむこうから現れる代議士——矢神晃史《こうじ》、幼なじみの晃ちゃん。

彼と一緒に働いている時間は春の日だまりのようなあたたかさを感じられる。

「あ……」

何度かゲートがひらき、そのたびまばらな客が出ていったあと、すらりとした長身の姿が見えた。

黒のロングコートを無造作に腕にかけ、うっすらと縦縞《たてじま》の入った焦げ茶色のスーツを優雅に着こなした男が一人でゲートの外に出てくる。

胸には、議員章。赤紫色のモールに金色の菊の花が飾られたそれは、二年半前、彼が初登院したときにわたされたものだ。

　夜の海のような艶やかな黒髪と黒い双眸《そうぼう》、上品な鼻梁《びりょう》、怜悧《れいり》な口もと。その精悍《せいかん》な美しさもさることながら、仄《ほの》かな大人の男らしい色香が漂う姿から、矢神は『政界のプリンス』『美しき貴公子』と言われている。

　たしかに国会中継で彼が発言している姿は、幼いころから見慣れている朝加でさえ、つい見惚《みほ》れてしまうほどだ。

　先日もそうだった。

　国会本会議の代表質問の様子をテレビで見ていたときも――何て凛々《りり》しくて素敵な議員なのだろう、早く彼が総理大臣になる姿を見たい……と何度思ったことか。

　そんな内心をおくびにも出さず、朝加は神妙な顔で矢神に近づいていった。

「お帰りなさいませ」

「待ったか？」

　甘さのある深い声。上品で、優雅な物腰。

「いえ。さあ、お鞄《かばん》をこちらへどうぞ。建物のなかにいる間に、コートを着てください。外は冷えますから」

　朝加は矢神に手をのばした。

「重いぞ」

矢神はポンと朝加に鞄をあずける。ずしりと腕に加わる鞄の重みに、朝加は思わず眉をよせてしまった。

「……っ」

「重いだろう」

「あ、いえ」

かぶりを振り、朝加は笑みを見せた。

パソコンとたくさんの書類が詰まった黒革の鞄。これを手にする瞬間がとても好きだ。

重ければ重いほど、彼と離れていた時間が縮まる気がする。

月曜から金曜まで、ここには永田町《ながたちょう》で彼が過ごした時間が詰めこまれている。

地元の事務所で働いている朝加が決して見ることがない場所——国政の場で活躍している彼の時間。だからこの鞄の重みを感じていると、東京《とうきょう》での彼が近くなったような気がして何となく嬉しくなるのだ。たんなる自己満足だとはわかっていても。

「ありがとう、さあ、鞄を」

矢神は上品な仕草でさらりとコートをはおると、手をのばしてひょいと鞄をとった。

「あっ、いえ、このままぼくが」

「いいから」

「でも、ぼくは矢神議員の秘書です」

「そう、秘書だ。荷物持ちじゃない。だから荷物を持つ義務はない。おまえのほうが小柄で力もないのに、こんな重いものを持たせてどうする」

朝加の頭をくしゃりと撫でると、矢神は鞄を手にしてすたすたと出口にむかって進んでいった。

(重くないのに……)

少しくらい持たせてくれてもいいのに。と思う一方、国会議員になってもまったく変わらない彼のこうした優しさに胸が熱くなるのも事実だ。

(あのころと同じだ。中学生のとき、一緒に夜食を食べていたころと)

しんしんと降り続く雪の音。電気が消え、薄暗くなった旅館の厨房でふたりで肩をならべ、ほんのりとだし汁の香りがする熱々のお茶漬けをすすった日々。

優しくてなつかしい郷愁。心のなかの大切な場所にある思い出のひとつ。

「ほら朝加、なにぼんやりしてるんだ、行くぞ」

「あ、は、はい」

空港の外に出ると、切り裂くような冷たい突風が二人に吹きつけてきた。乱れた前髪をかきあげ、矢神が夜空をあおぐ。

「一週間のうちに、ずいぶん冷えこむようになったな」

「はい。奥能登にも今朝から雪がちらついていました」

「早いな、まだ十一月なのに」

白い息を吐き、矢神が駐車場にむかいかけたそのとき。

「――矢神議員、ちょっといいでしょうか」

物陰からダークスーツ姿の男性が次々と現れる。一人二人、いや、五、六人いる。矢神が帰郷するのを待ちかまえていた地元の有権者だった。

(……たしか後援会のメンバーで、輪島の建設会社の人たちだ)

彼らは後援会の面々なので事務所に矢神のだいたいの予定を確認したうえで、わざわざ小松空港まで足を運んできたのだろう。

「矢神議員、実は、能登半島の開発事業について聞いていただきたいことがあるのですが、少しだけお時間をいただいてもよろしいでしょうか」

「わかりました」

矢神は立ち止まり、彼らの言葉に耳をかたむけた。こうした突撃行為は、なにか間違いがあったら困るのでできるだけ避けたかったのだが、こうも堂々と大勢に囲まれてしまったら逃げようがない。

(まいったな、開発事業者……か。公共事業の入札額が知りたいのが見え見えだし、そうでなくても利権が絡《から》んでいるから、対応に気を遣うんだよな)

親しくし過ぎると変な癒着《ゆちゃく》を疑われる。かといって、距離を置きすぎると企業系の票を失ってしまう。むずかしいところだ。

そんなふうに想いながら傍らに立ち、朝加は彼らの様子をたしかめた。素性《すじょう》がわからない者がまぎれこんでいないか。近くに怪しい人物はいないか。それが矢神に敵意をもった者なのか、それともただの有権者なのか。

その言動、雰囲気、目つきから瞬時に感じとるのも秘書の仕事のひとつだと思っている。なにかあったときは身を挺《てい》して議員を守るために。

矢神晃史、三十歳。

かつては、旅館の坊ちゃんと、仲居の息子で幼なじみという仲だった。

けれど今は違う。代議士と私設秘書という関係。もう気軽に『晃ちゃん』と呼ぶことは許されない。

矢神は、与党——自由民政党《じゆうみんせいとう》の一年生議員だが、曾祖父《そうそふ》は逓信《ていしん》大臣、祖父は総理大臣、大叔父《おおおじ》は衆議院議長、伯父《おじ》は国土交通大臣、早世した父親は県会議員……という政治家ファミリーに生まれた政界のサラブレッドである。

母親は、能登半島にある高級温泉旅館『加賀苑』の女将で、こちらの親族も地元の名士ばかり。今、旅館は若女将となった姉と夫で経営している。

出生、環境、容姿……すべてが完璧で、恵まれている矢神。けれど彼は昔からそうした自身の環境に甘んじるようなところはひとつもなかった。

むしろその逆だ。恵まれているからこそ、それにふさわしい人物であろうと己を律してばかりだった。決して他人の前で弱い部分を見せようとしない。さらには誰にたいしても分けへだてなく接するところがある。

流れ者の仲居の息子だった朝加のことも、昔から実の弟のように大切にしてくれる。どうしてこんな人がいるのだろうと思うほど。

そんなふうに幼いころから兄のように慕ってきた矢神が代議士に出馬することになり、旅館の従業員だった朝加が彼の私設秘書として働くようになってから二年半が過ぎた。

有名な政治家ファミリーのプリンス。

その上、怜悧な容姿の彼が選挙に出馬すれば、二位以下を大きく引き離してトップ当選をしそうなところだ。

けれど前回の選挙のとき、運悪くテレビでコメンテーターをつとめていた法律家を党首にすえた野党ブームにぶつかってしまった。

『ジュニア議員は、日本の政治を腐敗《ふはい》させている』

『新しい政治家、新しい日本の風のためにも、二世、三世議員を排除《はいじょ》すべきだ』

そんなふうに野党の党首が訴えた言葉が選挙のスローガンのようになり、マスコミ各社が『ジュニア候補』を一斉攻撃することとなった。

メディアにあおられ、世間の目も世襲《せしゅう》議員にたいして冷たいものとなり、予想外の逆風が矢神を襲うことになって。

その結果、苦戦し、トップにわずか三百票の差で及ばず、何と選挙区で落選してしまったのだ。

かろうじて比例区のほうで救済されて当選を果たしたものの、元総理の孫が選挙区で落選したという事実は、自由民政党にとっても、矢神陣営にとっても、痛恨《つうこん》のデビュー戦という敗北感が強く植えつけられてしまった。

初登院したとき、矢神は、強面《こわもて》の瑞木《みずき》幹事長《かんじちょう》にきびしいことを言われたとか。

『わずか三百票の差というのは、当選できるはずの選挙で落ちたということですよ。それをお忘れにならないように。有権者に、世襲議員だとバカにされているんじゃないですか。次回、選挙区で当選できなかったときは、比例での救済はなし。県会議員からやり直していただきますよ』

その話を耳にしたときの悔しさは今も朝加の心にしっかりと刻まれている。

(悔しい……。彼ほど政治家にふさわしい人はいないのに。世襲議員であろうとなかろうと、そんなの関係ないのに)

当時のことを思いだしながら、朝加は矢神に視線をむけた。

「矢神議員、どうか珠洲《すず》での原発誘致《ゆうち》計画をもう一度立て直してください。能登半島の厳しい経済の活性化のためにはどうしても…」

「その計画は十年以上前にすでに凍結しておりますし、地元が計画中止と出した結論は、民主主義の観点から尊重すべきと考えております。申しわけございません、お役に立てず」

矢神は丁重に答えると、朝加に声をかけた。

「待たせたな。……寒かったか?」

「いえ、大丈夫です」

朝加は空港玄関の正面に停《と》めておいた車へと足を進めた。

「大阪《おおさか》出身の朝加には、北陸の寒さはこたえるだろう?」

「北陸にきて十三年も経ちます。大阪の気温なんてとうにわすれました。矢神議員こそ、東京との温度差が堪えたりしませんか」

「いや、別に」

「でもむこうは、まだシャツ一枚でも過ごせる陽気だとニュースで」

「どうだったかな。季節なんて意識したことないよ。議員会館と国家議事堂、それから宿舎、党本部を行ったり来たりしてるうちに、一週間が終わってるんだから」

そこでどんなふうに働いているのだろう。

一年に一度、地元の後援会のメンバーを連れて『国会見学ツアー』という形で東京に行くスタッフに朝加も加わっているが、そのとき以外は地元の事務所で働いているので、ふだん、彼が議員として国会で活動している姿を見たことはない。

東京での彼の事務所は国会議事堂の裏にある議員会館にあり、伯父の代から活動をしているベテランの政策秘書や公設秘書たちが詰めている。

一方の週末の活動拠点——地元の事務所には、三木原《みきはら》という古くからの選挙事務長を中心に、朝加と、あと数人のスタッフが私設秘書として働いている。

朝加以外のスタッフは、いずれも大学の政治学科や法学部を卒業した才子《さいし》ばかりだ。矢神のところで経験を積み、そのうち県会議員か市会議員に立候補するのだろう。

「さあ、早く車に。夕飯もご用意していますので」

朝加は黒い大型車の後部座席の扉をひらいた。その瞬間——。

「うわっ」

後部座席に乗っていたダイスケが大きな目を開け、尻尾を振って彼に飛びついた。

「ち、ちょっ……っ、はしゃぎすぎだって、おいっ、ダイスケ」

カシミアのコートが毛だらけになることもかまわず、矢神はじゃれてくる愛犬とうれしそうに再会のあいさつをしていた。

(あーあ、イケメン貴公子も形無《かたな》しだな)

やれやれとあきれたように肩をすくめている朝加の前で、ダイスケを抱きかかえながら、矢神が後部座席に乗りこむ。

自分も犬だったら、あんなふうに飛びついたのに。と、少しばかりダイスケをうらやましく思いながら、朝加は運転席に移動した。

「ダイスケ、大好きだよ」

彼の「ダイスケ、大好きだよ」という言葉を聞くのが好きだ。

ダイスケがダイスキに聞こえる。だから彼がそう呟いていると、ひたすら、大好き、大好きだよと言われているように感じて。

ダイスケは、十三年前、冬の砂浜で倒れていたところを矢神が保護したと言っていた。以前に上映されたアメリカ版のハチ公にちょっと似ているタイプの犬で、垂れた目、ふわふわの白とベージュ交じりの毛が愛らしい。

彼の実家の温泉旅館は客商売ということもあり、建物のなかで犬を飼うことができない。だからダイスケは、幼いときから旅館の裏手にある従業員用のアパートに住んでいる朝加の部屋で世話をしていた。

(殆どぼくと一緒にいるのに……ダイスケのやつ、ちゃんと自分のご主人さまが誰なのかわかってんだよな。まあ、仕方ないか。命を助けてもらったわけだし)

フロントガラスに映る後部座席の、ほのぼのとした様子に朝加は苦笑を漏《も》らした。多忙な矢神が愛犬と戯《たわむ》れることができる時間がとれるよう、空港に迎えにいくときは必ずダイスケを連れてくるようにしている。

「ダイスケ、ダイスキだって」

その矢神の言葉を聞きながら、朝加はシートベルトをしめた。

ダイスケはもう人間でいえば七十歳をとうに越しているので、最近は眠ってばかりであまり元気がないように思う。

とくにこんなふうに芯から冷えこむような日は。

今夜も、一応、発熱効果のある座布団を用意して冷えないようにしていたくらいだ。

それでも矢神が帰ってきたのがよほどうれしいのか、彼に会うと、生き生きとした表情で、元気に大きく尻尾を振っている。

「よかった、元気そうで。もう年だから心配していたけど」

その姿を尻目に、朝加は車のエンジンをかけた。

「どうぞ、これを。土日のスケジュール表です」

後ろでダイスケを撫でている矢神に数枚の用紙を手わたしてエンジンがあたたまるのを待つ。

「だめだっ！」

ところが矢神はスケジュール表を運転席に投げこんできた。ほおをかすめたあと、次々とシートに散乱する紙に、朝加はためいきをついた。

「だめって……どこが？」

ふりむきかけた瞬間、矢神が身を乗りだし、ぐいと朝加の首に腕をまわす。遊んでいるとかんちがいしたダイスケが、調子に乗ったように矢神の背中にひょいと飛びつく。

背中に、ちょっとマヌケな顔の大型犬を背負っている政界のプリンス。写真でも撮《と》って、週刊誌に売ったらいいネタになるだろうか。

「おい、なに笑ってんだ、てめえ」

「いや、別に」

「それより何だ、このスケジュールは。俺を殺す気か？」

「殺すって……どうして」

「いつも言ってるだろ、地元企業めぐりはまっぴらだって。土建屋とか運送会社とか電力関係とか……えらそうなオヤジのとこばかり」

人目がなくなったとたん、矢神の態度が豹変《ひょうへん》するのはいつものことだ。首にまわされた手をトントンとたたき、朝加はさとすように言った。

「しゃーないやん。来年の四月に解散総選挙があるっていわれてるんやし、今のうちにしっかり有権者の心をつかんどいたほうがええやん。土建屋さんや運送屋さんは、社員もたくさんいるんやし、気に入られといたほうがええん違うん」

他人の目がないと、朝加からも敬語が消える。ハンパな大阪弁がでてくるのは大阪生まれの名残だ。こればかりはなかなか消えない。

「言ってるだろ、自分の儲《もう》けしか考えてないような強欲ジジイのご機嫌とりはイヤだって。

こいつら、すぐに酒席に誘ってきて、やれ入札価格を教えろだの、やれ公共事業の便宜《べんぎ》をはかれだの、俺を利用することしか考えてないんだぞ」

ふたりきりになると、こうして矢神も他の人間の前では決して見せない本音を遠慮なく口にしてくる。

一応、政治家らしい二面性はもちあわせていて、強欲オヤジどもの前に出れば、イヤな顔ひとつしない。

媚《こ》びたりもしないが、礼儀を失わず、さわやかで凛々しい態度を貫くのはさすがだが、もう少し彼らにも愛嬌《あいきょう》を振りまいてくれたらいいのに、そうしたら少しは選挙の票につながるのに……と思うこともある。

それでも企業家からどんな無理難題を押しつけられても丁寧に応対し、「それはできない」と断るときも、きちんと理屈立てて、相手を怒らせないよう、むしろむこうが納得するような形で対処する。そういうところは見事なものだ。

「けど、しゃーないやん、政権与党の議員なんて、そうした既存の企業のバックアップがあってこそナンボだろう。老人福祉施設や児童相談所めぐりも大事かもしれないけど、晃ちゃん、子供やお年寄りに好かれても票にはつながらへんのやで」

矢神を「晃ちゃん」と呼ぶのも昔から変わらない。

それぞれの立場を考えてこういう呼びかたもやめなければと思うが、ふたりでいるときに、今さら礼儀正しくするのも変な気がする。

それに朝加自身、プライベートだけでも「晃ちゃん」と呼んでいたかった。

「しゃーないやん、選挙のためやん、しゃーない……って、うざいことばっかり言いやがって。いじっかしいぞ。選挙選挙って」

いじっかしいとは、この地方の方言で、うるさい、面倒という意味である。

「しゃーな……ううん、しかたないじゃないか、選挙に当選しなかったら、なにもできないんだよ」

「そのために、むだな仕事をしろっていうのか。わざわざ地元に帰ってきているんだ、他にできることがあるだろう」

忌々《いまいま》しそうな矢神に、朝加は諭《さと》すように言う。

「でもこのままだと、晃ちゃん、次の選挙で危ないかもしれないよ。幹事長がなんだかんだ言っても最終的には比例で拾ってもらえるとは思うけど、晃ちゃんはちゃんと選挙区で当選しないと。せっかく国会でがんばってるのに地元の有権者のなかには、晃ちゃんのこと、のほほんジュニアとか、甘ちゃん坊ちゃん政治家だと言ってるひともいるし」

「気にするな、言いたいやつには言わせておけばいい」

矢神は朝加の首から腕を離して、ダイスケを抱きながらシートに背をあずけた。

「晃ちゃん、選挙活動も議員の仕事のうちだよ」

朝加は矢神にスケジュール表をつきかえした。

「とにかく週末のスケジュールはこなしてもらうからね。それからその紙袋に、旅館からあずかった夕飯が入ってるから。以上」

エンジンがあたたまったのをみはからって車を発進させる。

「朝加っ！」

矢神の不機嫌な声。

「文句はなし。もうすぐ解散総選挙があるかもって話もあるんだし、次の選挙にむけて今は大切な時期なんだから。それに晃ちゃんのスケジュールはぼくが決められるもんじゃないし、文句があるなら選挙事務長に言えば？」

すると矢神が嘆息《たんそく》する気配が後ろから伝わってくる。そしてしばらくして。

「変わったな。俺が議員になったとたん選挙の鬼みたいになって」

紙袋から加賀苑の板前が作った和食の仕出し弁当をとりだし、矢神は封を開けながら小声でひとりごとを吐き捨てた。

そこには「以前はあんなに可愛くなついていたくせに」とか「代議士にしか興味ないのか」という言葉がふくまれているのだろう。

選挙の鬼――――。

虚《うつ》ろな顔で朝加はハンドルをきった。たしかにこの二年半、二言目には「選挙」という言葉しか口にしていない。そんな朝加に矢神は不満をおぼえている。

(ぼくが選挙の鬼になったのは……どうしても、晃ちゃんに選挙区で勝って欲しいからや。二年半前みたいなことが二度とないように)

前回、選挙区で彼が負けてしまったことが朝加には無念でしかたなかった。

矢神が落選した原因には、朝加が犯したミスがふくまれているからだ。

二年半前の夏、選挙の公示直前のことだった。

ちょうど矢神が東京の党本部に行き、不在だった間に起きた。

その当時、矢神の秘書だと名乗って有権者の家に法で禁じられている戸別訪問《こべつほうもん》し、選挙のことをたのんで金券をばらまいている人物がいるといううわさが流れた。

しかもそれが朝加だという。

(たしかに、学歴もなく、公職選挙法の意味もよくわかっていなさそうなぼくなら、なにかしでかしそう……と思われる可能性は高いけど)

敵陣営の罠《わな》だった。一度、交差点で立ち往生していたおばあちゃんを助け、タクシーで自宅まで送り、彼女の代わりに代金を立て替えたことがあった。その後、タクシー代を返却したいと連絡をうけて訪問したときの様子を何者かに写真に撮られ、「戸別訪問をしている」「金券をばらまいている」と有りもしないうわさを立てられたのだ。

もちろん無実なので、問題にならないはずだった。

けれど敵の陣営はそのときのことを逆手にとり、「火のないところに煙は立たない」とふれこみ、朝加ならやりそうというイメージを有権者の間に植えつけてしまったのだ。

そういう印象操作のあと、悪いうわさが出てしまうと、まっさきに朝加に疑いの目がむけられ、下手をすると、公職選挙法違反の嫌疑がかけられてしまう。

たとえ本当に戸別訪問している人物が事務所にいなかったとしても、敵にたのまれた誰かが嘘の証言をした場合、疑いはなかなか晴れない。

そうなったときは矢神も、どうなることか。

その前にうわさの元である犯人をさがして、現場を押さえなければ……と思って朝加は奔《ほん》走《そう》した。

ある夜、仕事を終えて旅館の従業員用のアパートにもどる途中、金券配布の現場を見かけたという人間から連絡があり、朝加はその場をたしかめるためにむかった。

証拠写真を撮ろうと現場に行ったそのとき、車のなかに複数の男が入りこんできて――。

いきなり彼らは朝加に暴行を加えてきた。

事件になるから顔だけは傷つけるなと誰かが言っていたが、殴る蹴るで、肋骨《ろっこつ》にヒビが入ってしまい、あとは性的なこともふくめて、かなりひどいことをされた。

その上、複数の男にねじ伏せられ、下肢に大人の玩具をはめ、男の性器を口に咥《くわ》えている写真までとられた。

そして『矢神の事務所の金庫の暗証番号を教えろ』と脅されたが、支持者のリストが入ったそれだけは死んでも見せられないと必死に耐えた。

けれど暴行の間に、彼らは朝加の鞄を探《さぐ》り、隠しポケットに入っていた矢神の極秘の日程表を携帯電話のカメラで撮影してしまったのだ。

それは矢神の味方である人間しか知らない、矢神個人が選挙の　当選のために考えだした極秘の日程表だった。

『これの管理は、朝加にたのむから』

彼に言われてあずかっていたものだった。

必死にとりかえそうとしたが、ビール缶を片手に車の運転席にいる写真を撮られ、飲酒運転で捕まりたくなかったら、警察には連絡するな、と反対に脅してきた。

その後、いっそ自殺に見せかけて始末しようか、いや、その前にレイプして楽しもうと誰かが言いだしたとき、携帯電話が鳴った。

電話をかけてきたのは矢神だった。

犯人たちは電話を無視しようとした。けれど矢神はすぐにメールをよこしてきた。

――電話に出ないのなら、なにかあったと思って警察に連絡するぞ。

矢神からのメールを見て、犯人たちはあわててその場を去っていった。

どうやらダイスケがアパートで狂ったように吠《ほ》えたて、隣の部屋に住むほかの従業員が朝加に吠えさせないようにたのもうとした。

だが朝加が部屋にいないので、心配になって女将に電話をし、女将が東京にいる矢神に連絡したらしい。

『ごめん……晃ちゃん、ごめん』

すぐに電話をかけ、日程表を撮影されたことを矢神に伝えると、彼はそれを責めるよりも朝加の身を案じてくれた。

『大丈夫なのか。おまえ、なにかされたんじゃ……今、警察に連絡するから』

警察に。それでは飲酒運転していたことになる。

無理やり飲まされた証拠なんてどこにもない。呼気《こき》検査をしたらどうなるか。しかもよくわからない薬物まで飲まされてしまった。

身体に残る暴行のあとも、写真も、男と自ら乱交して楽しんでいる風に撮ったと言っていた。それがネットに晒《さら》されたらどうなるのか。

ちょうど時代は空前の野党ブームで、与党の政治家はちょっとした失言や高額な食事をしただけでもスキャンダルとしてとりあげられてしまう状態だった。

そんなときに、飲酒運転、違法薬物、同性との乱交……などという秘書のスキャンダルが出たら大変なことになる。

そんなことが頭をよぎり、とっさに朝加は嘘《うそ》をついてしまった。

『ぼ……ぼく、なにもされてないから。ただ金券ばらまきのうわさを聞いて、確かめようと裏道を歩いていたとき、いきなり知らない人に鞄をとられて。しかも写メで撮られただけで現物はあるから、盗《と》られた証明もできなくて。本当にごめんなさい、ぼくの不注意で』

早口で必死に言いわけする。白々しかっただろうかと少し心配したが、彼は朝加の言葉を信じてくれた。

『おまえが無事ならそれでいい。日程は、新たに考え直すことにするから』

『ごめんなさい。選挙まであとちょっとしかないのに……本当にごめんなさい』

『いいから。それよりおまえが無事だったのならなによりだ。ごめんな、俺が国会議員になんて立候補したから、おまえにも迷惑かけて』

そう言われたとき、朝加は電話口で泣くのをこらえるのに必死だった。

(迷惑なんて……どうしてそんなこと言うの。謝らないといけないのはぼくのほうなのに。ぼくが油断してしまったから、こんなことになったのに…)

どうして油断したんだ、もっと気をつけろ！

そう怒ってくれればいいのに。心配なんてされてしまったら、ふがいない自分に腹が立つ。

矢神に申しわけなくてどうしようもない。彼の優しさに惹《ひ》かれながらも、必要以上に優しくされるととても切ない。

金券のことは何とか事件にならずに済んだが、日程表を奪われたことで、矢神の選挙活動のスケジュールは大幅に狂ってしまった。

その結果、選挙区でわずかな差で落選してしまった矢神。それでも矢神は決して朝加を責めようとはしなかった。

『選挙区で落ちたのはおまえのせいじゃない。俺の力不足だ。有権者の目には、甘ったれたジュニア議員にしか見えなかったんだろう。おまえは気にしなくていい』

そう言われるほうがよけいに辛かった。

彼は絶対に朝加を責めず、ひとえに自分の力不足だと言い続けたが、おまえのせいだと言われたほうがどんなに楽だったか。

たった三百票の差だった。

絶対に自分のミスが原因だ。あれがなかったら、このくらいの差はきっと変わっていたと思うと、申しわけなくて、悔しくてどうしようもなかった。

その後、国会内での発言時間が短いことや他の選挙区で当選した新人議員との待遇の違い、それからバカ坊ちゃん議員という彼のあだ名……そんなことを風のうわさで耳にするたび、胸が押しつぶされそうになる。

総理の孫なのに、選挙区で落選してしまったというレッテル。彼のせいじゃないのに。

選挙のとき、いろんな人が罠をしかけ、彼の足を引っ張ろうとしていた。

政治というのはそういうものだ、利権にからんで命を落としている者もいるということは何度も耳にしていたのに、それでも朝加の心のどこかに油断があったのだろう。

(あのとき、ぼくがもっと政界の怖さをちゃんとわかっていたら。そう、もっときちんと注意していたら)

彼が選挙区で落選してしまったあと、朝加の胸を激しい自責の念が支配し、何度、眠れない夜を過ごしたことか。

次こそは絶対に選挙区で勝たせたい。彼にふさわしい形で政界に送りこみたい。何としてでも、今度こそ。

(犯人は……前回の選挙で晃ちゃんに勝った野党の陣営が雇ったヤクザだろう)

あの夜の写真を誰がもっているのかも把握《はあく》している。

おばあちゃんの家に行き、玄関で立て替えた分のタクシー代を返済してもらっただけなのに、それを写真に撮り、いかにも朝加が戸別訪問して、金を渡して選挙違反をしているように見せかけた写真を印刷して配ろうとしていた。

おそらく次の選挙のときに、脅しのネタにでも使おうとするだろう。

だがそうなったときは反対に、それを訴えてやろうと思っていた。

もう今ならあの日にアルコールを飲んでいたという証拠はどこにもない。違法薬物の痕跡もとうになくなっている。

だから脅されたときは、こちらがされたことをあらいざらいぶちまけてやる。

（絶対に次の選挙の前になにか妨害してくるはずだ）

あのとき、性的な暴行ではなく、いっそ瀕死《ひんし》の重傷で病院に運ばれるほど半殺しにしてくれたら、病院で細やかな証拠のカルテを作ってもらって、敵の陣営を堂々と追い詰めることができたのに。

そう思うたび、ぬるい性的暴行程度で終わられてしまったことに、朝加は今さらながら残念な気持ちを抱いてしまう。

（それとも、あのとき、強制わいせつされました、と警察に言えばよかったのか）

しかし彼らはそれも想定した上で、レイプの痕跡を残さなかった。一枚も二枚も上手だった。

（中途半端な暴行じゃなく、ぐちゃぐちゃにレイプしてくれたら、よかったのに。そうしたら彼らの体液を証拠にできた。たとえば肛門が裂けて、下半身が血まみれになるくらい犯してくれたら、傷害罪として裁判になったら有利に運べたのに）

べつに犯されるくらい大したことじゃない。

それよりも、華々しく選挙区で勝って登院するはずだった矢神の国政デビューを台なしにしたのが悔しい。

大臣にまでのぼりつめていくためには、なにより選挙区で勝つことが大切だ。それだけで国会内での発言力も大きく変わるから。

事件のことは、矢神はもちろん、犯人と朝加以外に知る者はいない。

知ったとき、矢神はひどく自尊心を傷つけられるだろう。

プライドが高い彼のことだ。自分の秘書がそんな目にあったと知ったら、徹底的に犯人をさがそうとするだろう。議員生命をかけてでも。

だがそんなことをしてもどうせあのときに矢神に勝って当選した野党議員は、べつの選挙違反が問題となって逮捕された。今となっては復讐《ふくしゅう》のしようがない。残念だが悔恨の情が消えることはないのだ。

(でも男性の秘書が男からレイプされたなんてことが公《おおやけ》になったら、晃ちゃんにも変なうわさが出る可能性もあるし、未遂で終わってよかったんかもしれん)

なにより、一番の問題は、内部に敵の内通者がいるかもしれないということだ。

朝加が極秘の日程表をもっているのを知っていたのは矢神の事務所の人間だけ。当時は選挙の公示直前ということもあって東京にいるスタッフも顔を出していたので、そのうちの誰か、或いは地元で働いていたスタッフの誰かということになる。

それと後援会の会長と副会長、同じ党の県会議員や市会議員、その関係者。

もしかすると彼らのなかに野党のスパイがいるかもしれない。

そう思い、それ以来、矢神のまわりに不穏な動きがないかこっそりとさぐりをいれているが、今のところ、誰からも何の反応もない。

次回の選挙の前まではじっと沈黙を保っているのか、それとも。

やがて金沢の市街地が遠くに見え始めたころ、矢神はふと神妙な声で言った。

「そうだ、あの話……おまえどう思う?」

朝加はアクセルを踏む足をゆるめた。

「どうって?」

あの話……とは結婚話のことだろう。すぐにわかったが、何となくワンクッションおいてみたかった。

「縁談の話だよ。見ただろう、見合い写真……」

今、矢神には、党内にある派閥の長からひとつずつ縁談が持ちかけられている。矢神はどの派閥にも所属していないので、縁談を餌《えさ》にひきこみたいと考えてのことだろう。

一人は金沢に地盤をもつ毛利《もうり》官房長官《かんぼうちょうかん》の一人娘。英国に留学経験もあり、今は父親の事務所で秘書として働いている。

二人目は、鳩川《はとかわ》という富山《とやま》に地盤をもつ現職の国土交通大臣の娘。

三人目は、外務大臣の姪《めい》で、東京のテレビ局のアナウンサー。

全員、知的な雰囲気の美人だった。誰と結婚しても、矢神が総理になったとき、ファーストレディとして支えになってくれるだろう。

「晃ちゃんはどうしたい?」

「そうだな、鳩川は不正の疑惑が多くて信頼できない。テレビ局の女子アナっていうのも気乗りしない。となると、毛利の娘が無難かな。おまえはどう思う?」

運転席と助手席の間に身をのりだし、矢神は誰が聞いているわけでもないのに声をひそめて訊《たず》ねてくる。

(……どう思うなんて……)

胸に鋭い刃《やいば》が刺さったような気がしたが、朝加はつとめて冷静にかえした。

「有権者には毛利官房長官が一番評判いいよね。強面の瑞木幹事長とも親しいし、お嬢さんも綺麗だし、晃ちゃん、きっと好きになれると思うよ」

「べつに恋愛する気はない。縁談は政治ゲームのようなものだ。毛利に息子はいないから、娘と結婚したら自然と派閥の長になれるだろ」

矢神がコンと朝加の後頭部をたたく。

「そう……だったね」

祖父も伯父も父も亡くなってしまっている今、矢神には確固《かっこ》とした人脈というものがない。代議士だった伯父の地盤を継いだとはいえ、国会内でバックアップしてくれる有力な政治家とのつながりはないのだ。

今後、彼が政界で生き残っていくには婚姻《こんいん》という形で、大きな力のある議員と縁続きになったほうがいいとは思うけれど。

「やっぱり好きになれる女性と結婚したほうがいいと思うよ。好みとかこだわりは？」

「別に……あ、そうだな、絶対条件は、犬好き。ダイスケをかわいがってくれる女性でないと。あとは朝加、おまえと仲良くなれる相手ならそれでいい」

「ぼくとって……何で」

「だって、おまえは俺の弟みたいなもんだろう」

一瞬、言葉に詰まった。

弟みたいなものという言葉が奇妙なほど重く感じられたのだ。

「それにおまえほど俺の身のまわりの世話ができるやつもいないし、俺はおまえがいれば何でもこと足りるんだけど……議員としては早く身を固めておいたほうが活動しやすいから、そろそろ結婚しようかという気になっただけだから」

おまえがいれば——という言葉に、胸の奥が痛む。けれどごまかすように朝加は明るく笑った。

「そうだね、奥さんには晃ちゃんのためにがんがん後方支援して欲しいから、ぼくも手伝えることは手伝うよ」

「選挙区で当選したら、東京にこいよ。むこうでちゃんと秘書の勉強をして、そのうち俺の黒衣《くろこ》になれよ」

黒衣とは『永田町の黒衣』——政策秘書、正しくは国会議員政策担当秘書のことをいう。

国家一種試験並の試験に合格した者か、公設秘書を十年以上務めた者等、厳格な基準を満たした者しかなれない特別職国家公務員である。

（高校も出てないのに、ぼくが政策秘書なんて……ありえないよ。だいたいぼくなんて、まともな素性の人間と違うのだから）

政策秘書は議員のブレインともいえる大切な職務。自分のような、無学で、人脈もない人間がなってしまったら、矢神の損になってしまう。

たしかに彼の政策秘書になれたら……と夢を見ていた時期もあったけれど。

でも、それは夢のまた夢だ。

「バカなことを。ぼくがなれるわけないだろう。学もないのに。だいたい秘書の仕事だって、選挙のときのヘルプが始まりだったし」

「でも真剣に秘書になりたいなら挑戦してみろよ。俺はちゃんと協力するぞ。そうなれば、ずっと一緒に仕事できるじゃないか。おまえほど俺のことをわかっているやつなんて他にいないんだし。だからずっと俺のそばで…」

「晃ちゃんっ！」

朝加は矢神の言葉をさえぎった。これ以上は辛かった。そんなふうに言われると、儚《はかな》い夢を抱いてしまうではないか。

「あのさ、選挙区で当選してからの話は、しっかり結果を出して言ってよ。それこそ週末の予定をしっかりこなして、次は選挙区で勝てるようにしないと。そのためにも、土建屋や運送会社へのあいさつ、ちゃんと笑顔でこなしてくれないと」

後ろにいる矢神からは見えないのに、フロントガラスに精一杯の笑顔を作る自分の顔が映っていてバカみたいだと思った。

「また選挙選挙って……そんなんじゃ、おまえ、恋人もできないぞ。見た目は薄幸の美人芸者みたいな風情なのに」

朝加は口もとから笑みを消した。

恋人なんて、一生作る気はない。矢神のことが好きなのに。この気持ちは一生変わらない。彼が結婚しても。子供ができたとしても。

(ぼくは同性だし、別になにも望んでいないから。晃ちゃんとどうにかなりたいなんて考えたこともない。ただ一方的に好きなだけで)

それに……たとえ女性だったとしても――父親は誰なのかもわからない、母親は男関係にだらしがない犯罪者で行方不明、身よりも学もない、性的にもひどい経験をしてきた……いわば、汚れた経歴の持ち主だ。

(晃ちゃんは、ゆくゆくは総理大臣になる。それにふさわしい女性と結婚しなければ)

だから同性でよかったと思う。

最初から何の期待もしないで済む。ずっとそう思ってきた。それなのに彼の縁談が現実味を帯びてきたのだと思うと、どういうわけか泣いてしまいたい衝動が衝《つ》きあがってきて、自分でもよくわからなくなる。

こんなふうに一緒にいられるだけで身にあまることなのに。彼の仕事を手伝わせてもらえていることですら夢のようだから。

車が信号で停まると、朝加は首をめぐらして矢神の姿をたしかめた。

いつの間にかダイスケを抱きかかえたまま、窓にもたれかかって寝息を立てている。

連日の委員会でつかれたのだろうか。

こういうときの矢神はひどく無防備だ。議員になってからこんなふうに安心した顔を見せるのは朝加の前だけ。

講演会場などでの威風堂々とした姿も、貴公子然として演説しているときもとても愛《いと》しいのだが、すべてをあずけてくる邪気のない寝顔はどれほど見ていても飽きない。

政治家として権謀術数《けんぼうじゅっすう》に満ちた世界に生きる彼が、そのときだけ、心の底からくつろいでくれている気がして、ちょっとだけ彼を独占できたような気持ちになる。

(でも……)

朝加は視線を前にもどし、ハンドルを強くにぎりしめた。

結婚……か。

彼が三十歳になる前からそういう話が少しずつ増え、そろそろ本格的に決まると覚悟していた。

結婚でたしかな人脈が矢神のものになれば、二年半前のような妨害を受けても彼の地位はビクともしないはず。

朝加にできるのは、彼が無事に選挙で当選できるよう、少しでも有権者の支持を集めることだけ。

毛利の娘は、東京の最高学府を卒業し、英国のオックスフォード大学に留学したあと、ずっと父親の秘書をつとめてきた才色兼備の女性だ。

さらに毛利の夫人は北陸電力の役員の娘で、電力族もバックにもっている。

能登半島の各企業とのつながり、農業や漁業関連との強いパイプ。

そのあたりへの有力なコネクションを手に入れることができる。後援会とのやりとりも選挙のサポートも、自分よりずっと役立つだろう。

そもそも最初からこの仕事につく予定でなかったために、秘書としての勉強もしたことがないし、永田町で働いたこともない。

人手の足りなかった前回の選挙のとき、加賀苑の従業員だった朝加に、幼なじみで気心が知れているから手伝って欲しいという理由で声をかけてくれたにすぎない。

『朝加くん、晃史の事務所、手伝ってよ。身のまわりの世話や後援会相手に対応できる人が必要で。本当は母か私が世話をすべきだけど、旅館の仕事があるから無理でしょう。お願い、あの子が結婚するまでの間、旅館を休んで、秘書になってあげてくれない？』

今の加賀苑の若女将で、彼の年の離れた姉からそう言って、くれぐれもよろしくとたのまれたのだ。

それ以来、彼の地元での活動を手伝うような形で働いている。

（もともと奥さんができるまでの臨時の秘書。手伝いとして派遣されてるだけ。そやのにぼくに政策秘書になれなんて……アホやな、晃ちゃんは……）

そんな朝加に勉強をして国家試験を受けて、政策秘書の資格をとれだなんて、何て無茶《むちゃ》なことを言うのだろう。

いつまで側にいられるかわからないのに。

（ううん、そんなことはどうでもええ。ぼくのことは。それより次の選挙で、何としてもトップ当選することだけを考えないと）

胸のなかで己に言い聞かせながら、朝加は車の運転を続けた。

2

その翌日の土曜日を矢神は地元企業へのあいさつまわりに費やし、日曜は朝から輪島の朝市に行き、午後は七尾《ななお》市の小学校を貸りて政策報告会の予定になっていた。

朝市のあと、海岸までダイスケの散歩に行きたいという矢神と二人、ダイスケを連れて車で海岸線を走った。

この冬一番の冷えこみといわれているだけあり、いつもよりも海岸から聞こえてくる海鳴りの轟《とどろ》きも重々しく響いている。

「ダイスケ、寒くないかな。もう年だし」

もう年齢が年齢なので心配だが、当のダイスケは車から飛び出て、うれしそうに駐車場に積もった雪の感触を楽しんでいた。秋田犬の血が混じっているせいか、夏よりも冬、とくに雪の季節が好きなようだ。

「大丈夫、今日は元気そうだ」

尻尾を大きく振って、懸命に新雪を前肢《まえあし》で掘っているダイスケ。目を細め、その様子を優しいまなざしで見つめている矢神。

「よかった。やっぱり犬は幾つになっても、雪が好きなんだね。肉球に伝わる感触が気持ちいいのかな。冷たいのに」

話をしながら、人のいない海岸を歩いていく。

十三年前、朝加と矢神とダイスケが出会った場所。昔と変わらず、海から塩気のきつい突風が吹きあがってくる。

このあたりは、どんなに雪が降っても風が吹き飛ばしてしまう。だから海岸一帯が銀世界になることは少ない。

雪よりも海水の温度が高くて溶けてしまうせいなのか、強い風のせいなのか、実際のところはわからないけれど。今も海に近づくと、雪の塊《かたまり》がまばらに点在している濡《ぬ》れた砂浜の上を、ふわふわとした波の花が打ちつけられているだけだった。

「淋《さみ》しい場所だよな、ここは」

冬場は船もなにもない。

和倉温泉《わくらおんせん》のある七尾市や朝市が有名な輪島のあたりはともかく、そこからさらに奥能登までくると、漁業一本では暮らしが成りたたないために、若者は殆どいない。漁業の合間に塩田《えんでん》や田んぼで何とか生活費を稼《かせ》いでいる者もいるが、だからといってそこからなにかが発展するような地域には感じられない。

矢神は帰省のたび、こうして朝加とともにダイスケの散歩と称して、少しでも地元を歩くようにしている。

そこからなにができるのか、どうすれば地元が活性化するのか。

そしてなにをすればこの国がよりよくなるのか、そんなことをきちんと真剣に考え、行動しようとしている。

若い政治家のなかで、しかも二世、三世の世襲議員のなかで、彼ほど、真摯《しんし》にこの国の未来について考えている政治家もいないだろう。

海岸から駐車場にもどると、矢神は車のトランクから大きなバスタオルをとりだし、ダイスケの身体についた砂や雪をていねいに拭《ぬぐ》っていった。

「朝加、ほっぺた……また赤くなってる。大丈夫か」

ダイスケを抱いたまま、矢神は朝加の顔をのぞきこんできた。

冷たい冬の潮風にあたると、色素の薄い朝加のほおは子供のように赤くなる。それが己の幼さをよけいに強調しているようで恥ずかしいのだが、これぱかりはどうしようもない。

「平気平気。イヤやな、いつまでも子供みたいで」

照れ笑いしながら後部座席にダイスケを入れるのを手伝うと、朝加は運転席に座った。

「いいじゃないか。かわいい」

エンジンをかけている朝加のほおに、助手席に座った矢神が手をのばしてくる。

あたたかい。そう思った。実際は彼の手も朝加のほおと同じくらい冷えていたけど、なぜかそんなふうに感じた。

「でもあたたかくなると、元の白さにもどって、朝加、唇だけが赤いままなんだよな。雪の中に落ちた椿《つばき》みたいだ」

閉ざされた車のなかに、しんと静かな世界が広がる。

窓を打つ風の音がしているはずなのに、海鳴り、塩混じりの寒風のうなる音も、さぁと遠のくように消えていく。

自分を見る矢神の眸《ひとみ》。今にもキスされるのではないかと思うほど、たがいの呼吸が触れあうほどの近さで、じっと。

その眸、その手の感触。こんなふうにしていると、思いがあふれそうになる。

「晃ちゃん……あの……」

車を発進させたいんだけど……と言いかけた朝加の言葉を矢神がさえぎる。

「シッ。少しじっとして」

目を細めて少しだけ朝加を見たあと、矢神はまぶたを閉ざした。

そして深く息を吸いこむ。

どうしたのだろう。なにがしたいのだろう。

息がとどきそうな距離に緊張が高まる。そんな朝加の心の動揺など知らず、矢神は目を閉じたまま、ぼそりと呟《つぶや》いた。

「やっぱり、ここがいい、おまえといると静かになれる」

「……っ」

「五分ほどこうさせてくれ。そうしたら浄化できるから。俺の内側からざわざわとしたものをとっぱらうからそれまで」

祈るような彼の言葉。ふっと朝加の脳裏に、この一週間、テレビ中継で見た国会本会議や予算委員会の光景がよみがえる。

白亜《はくあ》の典雅《てんが》な国会議事堂でくり広げられていた老獪《ろうかい》な与党と野党代議士たちの攻防。

どちらがそれを先に言っただの、その言葉の使い方が悪いだの――法案について話しあうのではなく、ベテランの政治家たちが延々と相手の揚《あ》げ足とりをしていた。

その一方で、大切な法案の可決に欠席する野党議員たち。のろのろとした牛歩《ぎゅうほ》という訳のわからない動きで、会議を遅らせていた議員もいた。

あとは法案反対を表明するため、わいわいがやがやと大の大人たちが警備員に止められながら、扉の前で野球の乱闘のように揉《も》みあう姿。

テレビに映るたび、矢神はしらっとした冷ややかなまなざしでそうした様子を見ているのがわかった。

クールで論理的で己を律することを美徳としている矢神は、ああした醜《みにく》い攻防や卑《いや》しく見える行動を目の当たりにすると、昔から露骨《ろこつ》に嫌悪の表情をあらわにする。

さすがに国会中継では嫌悪感が丸出しになった顔はしていなかったが、ひどく白けたような冷めた目をじっとむけているのに気づいたとき、朝加は思った。

（ああ、晃ちゃん、大変やなぁ。ああいうの、一番嫌いやから）

ざわざわとした空気のなか、必死に耐えていたのだろう。いつか自分が国会で力をつけたときは絶対に変えてやると思いながら。

テレビを見ながら朝加はそんなふうに想像していたが、やはりかなり精神的に疲弊《ひへい》していたらしい。

「がんばって」「ずっと応援しているよ」「晃ちゃんががんばれば、もっと国民のことを考える政治家が増えていくはずだよ」

伝えたい言葉がたくさんある。

優しい笑顔をむけたい。あたたかい言葉で励《はげ》ましたい。

そんな気持ちが衝きあがってくる。けれど矢神はそんなものを必要としていないのが朝加にはわかっていた。

その証拠に、彼はなにひとつ国会での愚痴を言葉にしない。ただ永田町で身体に染みこんだ醜い人間たちの私欲や卑しい思惑をデトックスさせたいだけだから。

彼はそれ以上のことを必要とはしていない。たとえわかってくれる人間がいなくても彼の信念は変わらない。

その信念のため、感情の平穏をとりもどそうと、幼いころからずっと一緒にいる朝加に触れているだけだ。だから言葉はいらない。

触れているだけでいい。こうしていると、ぐっと離れていた一週間の時間やふたりの距離が縮まっていく気がした。

彼の心が静けさをとりもどしているのが朝加にもわかり、胸の切なさや淋しさが不思議と消え、奇妙なほど心が落ちついていく。

曇《くも》った冬空からしんしんと降る雪。荒々しい海鳴り。ひとけのない死んだような海岸から、うなりをあげて吹きあがってくる波の花。

外界から遮断された車のなかは、海の匂いと後部座席で眠っている犬の寝息以外になにもない、しんとした空間になっている。

なにかとても不思議な聖域にいる感覚とでもいうのか、自分と矢神とダイスケだけが、時の流れが止まった結界に、ひっそりと守られているような心地よさを感じた。

今、この一瞬だけ日常はなにもなかった。

彼の仕事も自分の立場もこれから先の未来も。ああ、自分も浄化されている。彼に触れることで。

ほんの五分ほどだったが、「ありがとう」と言って、矢神が手を放すと、ふいにそれまでシンと透明な膜《まく》に包まれて止まっていたように感じた空気が動きだし、結界がほどけて、現実の世界にもどっていくのがわかった。

「じゃあ、行くよ」

エンジンをかけ、朝加は車をあたためた。

少しずつ大きくなっていくエンジンの振動、うっすらと感じる排ガスのにおい、車内の温度が変わっていくにつれ、自分たちが完全にリアルな世界へもどってしまったことを実感していると、矢神はふと思いついたように口をひらいた。

「そうだ、例の縁談……やっぱり毛利官房長官の娘と見合いすることにしたよ」

刹那《せつな》、本当に目が覚めるような気がした。何という現実。朝加の胸を軋《きし》ませる残酷な話題が、さっきまでの静謐《せいひつ》な世界を一気に崩壊させてしまう。

「そうなんだ、それが一番無難だね」

笑顔で言ったはずが、どうしたのか、少し顔がひきつる。

さざ波ひとつ立っていない水面に、ぽとんと小石が落ちていったような、しんとした森の空気が揺らいだような感覚。

「ただ鳩川からの話を断ることになると、完全にあっち側と対立することになるから……少し警戒が必要になるかもな」

「そうだね。与党内での派閥争いに巻きこまれることになるのか」

彼の話題が見合い話から、派閥争いに流れたことに少しほっとした。

やっぱり自分は彼の縁談を心から祝えないらしい。いつかそうなるとずっとわかっていたことなのに。

「つまらない派閥争いは自由民政党の昭和から続く時代遅れの悪習だ。国民の政治不信にもつながるし、できるだけ避けたいが、古くからいる政治家には、派閥争いを頭脳ゲームとかんちがいして楽しんでいるやつもいる。今はそんな時代じゃないのに」

心の底から忌々しそうに言うところが彼らしい。

若さも関係しているが、矢神は他の与党議員たちとは少し違って、これまで常識とされてきたことにまったくこだわらない。

とても進歩的で、国際的にも幅広い視野で物事を見ようとしている。

教育の問題にしても、この先の資源や食料、平和についても、地球規模でのグローバル《国際的な》ガバナンス《共同管理》にのっとって考えていかなければならないと、いつも訴えている。

そして、そういう視野を養う機会を学校教育の現場に作りたいと考え、本気でそのとりくみにのりだしている。

国際的なテロ対策に対しても、人間に内在する暴力への依存をどうなくせるのかに視点を置いている。夏、海外に視察に行くときも、物見遊山《ものみゆさん》や観光をちゃっかり目的のひとつに入れている議員が多いなか、矢神はそうした己の政治的視点に添った場所に出向くようにしている。

もちろん対テロ対策だけでなく、核兵器廃絶、軍事化への抑止《よくし》問題、難民保護、暴力虐待対策などを己のテーマとして。

大学卒業後、一年間だけ、アメリカのコロンビア大学に留学したのを除くと、北陸から殆ど出たことがなかったのに、そういう視点が持てるのはすごいなぁと思う。

「だから……俺は……べつに無理に誰かと結婚することはないと思う」

矢神がひとりごとのように呟く。

「え……」

今、何て——。

「でもいつもおまえが口を酸《す》っぱくして言うように、理想を実現するためには当選しないとダメだし、そのためにコネは大事なんだってのはわかるんだけど」

「そうだな。それに優秀な妻ってのも、選挙のときの大きな戦力になるじゃないか。あちこちの事務所から、大活躍している奥さんの話題を聞くたび、うらやましくなるよ。選挙には内助《ないじょ》の功《こう》が大事なんだから」

だいいち総理大臣になったとき、ちゃんとしたファーストレディがいなかったらどうなるのかと言いたかったが……それはまだ現実的ではないのでやめた。

「内助の功か。そのためにおまえがいるんじゃないか、俺には」

当たり前のようにそう言う矢神に、ほんの一瞬、殺意をおぼえた。

殺意というのは大げさにしても、一発くらい殴ってやりたいような苛立《いらだ》ち。そんな言い方をされると、何の意図もないとわかっていても複雑な気持ちになる。

「たしかに、ぼくはそうした仕事をするために派遣されたわけだけど」

「だろう？　考えれば、あの恐ろしい幹事長だって独身じゃないか。誰かが理由を訊いたら、優秀な秘書の弟で事が足りているし、結婚したら女性票が減ってしまうので、このまま独身を貫くなんて言ってたよ。共和党《きょうわ》の高透《たかとう》副代表も同じことを言ってたし、最近はそういうのも増えている」

「幹事長も副代表も、晃ちゃんの前にプリンスって言われた女性に人気の高い議員だし、そういう意味では、晃ちゃんも同じかもしれないけど」

「だろ？　何か、いまどき縁談で地盤固めってのもバカバカしく思えて」

そんなことを言いながら、加賀苑の前に着くと、ちょうど旅館の送迎バスで現れた女性の団体客が矢神に気づき、わぁっと甲高い歓声が駐車場に響きわたった。

「やだやだっ、あれ、政界のプリンスじゃないの。すごいっ、サインください！」

「うわ、めっちゃイケメン。一緒に写真撮っていいですか」

矢神のまわりに人だかりができていく。

「すみません、私は政治家ですので、サインはちょっと。あ、写真ならいいですよ。朝加、彼女たちにパンフレットを」

東京からの団体客なので、直接の票にはつながらないが、それでも好印象をもってもらうために、こういうとき、すぐに矢神のパンフレットをわたすようにしている。彼のオフィシャルサイトをまとめたような内容だが。

「うわ、矢神議員のところって、秘書さんもすごくかわいいんですね。北陸のひとは色が白くて肌が本当に綺麗……」

パンフレットをわたすと、団体客はそれを手に矢神と肩を並べた写真を撮って、楽しそうにその場をあとにした。

たまにこういう場面に出くわすことがあるけれど。

（たしかに……結婚したら、女性票は減ってしまうかもしれない）

それでも、それは彼が若い間のことだけだ。

ルックスとアイドル的な人気は都会の無党派層の票が欲しいときには有効かもしれないが、北陸の、しかも一番北部にある三区だけを見てみると、地元の有力企業や漁業農業組合、観光協会からの支持のほうが重要だ。

そのためには、やはり有能な妻の存在というのが必要になってくるだろう。

「じゃあ、ぼくは先に行ってるから」

その後、朝加はダイスケを自分のアパートにもどすと、七尾市の後援会長との昼食会に行った矢神の一行を離れ、地元小学校での彼の活動報告のための準備へとむかった。

設営のチェック、マイクテストやスピーカーの音量調節、有権者に配る政策報告のチラシ、さらには加賀苑から届けられるスタッフへの昼食弁当の用意といった細かな仕事を彼がやってくるまでの一時間の間にこなさなければならない。

体育館の前でひととおりチェックし、ゴミ袋が足りないことに気づいた朝加は近くのコンビニへ買い物に出た。

シャッターが降り、閑散とした小さな商店街のなかを進んでいったそのとき。

「朝加……」

ぐいっといきおいよく腕をつかまれ、鼓動が止まりそうになった。

「……っ！」

次の瞬間、うしろからはがいじめにされ、店と店のすきまに連れこまれる。拘束が解かれ、とっさにふりむくと、長身の男の影が視界を覆《おお》う。

「今日も矢神議員のためにお仕事か。こんな寒い日にご苦労なことだな」

聞きおぼえのある声に、朝加はほっと息をついた。議員の関係者をねらった暴漢かと思って焦ったが、そこにいたのは落合《おちあい》という三十過ぎの男だった。

前回の衆議院選挙で矢神にわずかな差で勝った野党代議士の秘書をしていたが、その代議士が逮捕されたあとは、別の政治家の情報屋になっているらしい。

どの政治家なのかは知らないが、野党の誰かだろう。いやな男と会ったものだ……と内心でため息をつき、朝加はあたりにひとけがないかたしかめた。

「大丈夫だ。そんなに警戒しなくても、誰もいないぜ」

落合はこちらの心を見透かしたようにニヤリと不遜《ふそん》な笑みをうかべる。裏の世界にも精通しているらしいが、さすがにその眼光は鋭くてすきがない。

「なにかご用でしょうか」

声をひそめ、朝加は上目づかいで男を見た。

「めずらしい場所で会ったんだ。もう少しうれしそうな顔を見せろよ」

白い息を吐き、落合は馴《な》れ馴《な》れしげにこちらの背に手をまわしてきた。

「困ります。こんなところまで」

これ以上二人の距離が縮まらないよう手に力を入れて男の腕を押さえる。

「追いかけてきたわけじゃない。たまたま近くをとおりかかったら、かわいい秘書くんの姿が見えたので、せっかくだし、お声をかけさせていただいただけだ」

わざとらしく慇懃《いんぎん》に呟き、落合は朝加のあごをつかんで顔をのぞきこんでくる。

矢神の報告会があるのを知っていてわざとやってきたくせに。

そう思いながらも表情には出さず、朝加はきわめてそっけなく答えた。

「今日は……なにも持ってませんよ」

「わかってるよ、慎重なあんたのことだ、余計なものは持ち歩かない主義だろ？」

「当然です。以前、とんでもない目にあいましたから」

朝加はじっと落合を見すえ、皮肉をこめて言った。言葉にふくまれる意味を悟ったのか、落合が喉の奥を鳴らして嗤《わら》う。

「……恨《うら》んでるのか？」

「べつに。どうだっていい話です。ただ公共の場で声をかけないというルールを守っていただきたいだけです」

対立する議員に仕えていた元秘書とこそこそと裏通りで話をしている姿を誰かに見られると、なにを勘ぐられるかわかったものではない。

「あんたがあまりに哀《かな》しそうだったから声をかけただけだよ。その真っ赤なほおがとても痛々しそうで」

触れられそうになり、朝加は顔をそむけた。

「こんな寒い日に幸せそうな顔をしていたらバカでしょう」

「じゃあ、あたたまらないか、気持ちよくなるまで。そこの俺の車でどうだ」

「はあ？」

「矢神の到着まで、まだ一時間くらいあるんだろう。ちょっとくらいあたたまったところで大丈夫だって。俺はあのときのあんたの色っぽい姿が頭から離れなくて」

「そういうことは……次の選挙のあと……という約束じゃなかったですか」

朝加は憮然《ぶぜん》と言った。

「もったいぶることないだろう。あんたとの一夜は選挙後の報酬って約束だが、前払いしたって問題ないだろう。どうせいつか俺のもんになるなら、今なったところで問題ないじゃないか。俺との約束……矢神センセイには知られたくないだろう？」

冷たい声が耳元に響き、朝加は落合をにらみつけた。

べつに知られることを恐れてはいない。いずれきちんと話すつもりだ。けれど今はまだ時期が早すぎる。

「あの夜みたいにかわいがってくれよ、口でいいから」

「……わかりました。では、どうか手短にお願いします」

大きく息を吸い、朝加はズボンのベルトに手をかけた。

「待て、本気か」

「本気もなにも、誘ってきたのはそちらでしょう。てっとりばやく済ませてください。その代わり選挙のあとの報酬はなしですよ」

きっぱりと言い切った朝加に、あきれたように落合が笑う。

「冗談だよ、冗談。本気にすんな。こんな場所でことに及ぶほど餓《う》えてないよ」

「じゃあ、約束どおり、選挙のあと……ということでいいですね。そのときは当初のお約束どおり、口での奉仕だけでなく、本番までおつきあいしますので」

意味深に見つめると、落合は唇の端をあげてほくそ笑み、ぽんと朝加の肩をたたいた。

「ああ、もちろんだよ。どうせ選挙まで半年も待たなくていいんだし。それにしても、あんた、マジでおもしろい男だな」

「おもしろくてなによりです。ではもう御用はありませんね」

突き放すような朝加の声に、落合はやれやれと両手を広げて首をすくめる。

「わかった、さっさと退散するよ。あいかわらず味もそっけもない男だ。それにしても天使みたいなかわいい顔して、あんたもどうしようもないやつだな」

「どうしようもない？」

落合を見上げ、朝加は風に揺れる前髪をかきあげた。

「だってそうだろう、矢神議員の前では、いつも忠実で、誠実で、いかにも清廉潔白《せいれんけっぱく》ですという顔しか見せていないのに、影では、口での奉仕はうまいし、平然と本番までＯＫなんて口にするし。たいしたタマだよ」

「たいしたタマでけっこうです。だまされるようなバカよりマシですから」

「そうだな、バカなのは矢神のほうだ。弟同然の幼なじみで、信頼するかわいい秘書くんが実は裏切り者で、男から誘われたら、誰にでも平気でズボンを脱ぐようなやつなんて想像もしてないだろうからな」

路地《ろじ》に反響した声に、朝加はまなじりを吊《つ》りあげた。

「怖い顔すんなって。あんたがスパイだってことを告げ口する気はないからさ」

肩に手をかけ、落合が耳元でささやく。朝加はふっと冷たく嗤った。

「告げ口したければ、どうぞご自由に」

「いいのか？」

「もちろんその前にぼくは警察であなたの所行《しょぎょう》を包み隠さず告白します。二年半前、ぼくの名で金券を配っていたうちの一人だと」

「そんなことをすればあんたもただじゃすまないぜ？　あのときの乱交写真もそうだし、金券を配って戸別訪問していた写真入りのチラシだってあるんだぜ」

胸から煙草《たばこ》を取りだし、火をつけながら落合が意味深に目を眇《すが》める。

「チラシは、そちらが勝手にねつ造したものでしょう。ぼくは貸した金を返してもらっていただけなのに」

「だが残念ながら、あんたが助けたばあさん……秘書さんがいきなり戸別訪問に現れて、矢神への投票をたのんだあと、金を払ったとTVかなにかの取材のときに言ってたぞ」

「……そんなバカな」

「人間というのは単純だ。ばあさんの息子が……どこで働いているのか、ちゃんと調べて手を打たなかったあんたのミスだ」

息子の就職先？　知らない、一体どこなのか。

だがどういう手を使ったのかは想像がつく。

息子をクビにしない代わりに、警察から訊かれたときは、朝加から選挙の一票をたのまれたと言え、と。

年老いた婦人のことだ。それがどういう意味をもっているかなどわからないまま、息子かわいさに、そう言うだろう。

「安心しろ、悪いようにはしねえから。矢神落選のために協力してくれるって約束してるんだし、逮捕されたら、あんたを俺のもんにできないんだしさ」

落合がポンと肩をたたく。

(そこまでして……晃ちゃんを落選させたいのか)

今、彼の人気は急上昇している。その容姿もさることながら、決してぶれることのない信念、言動に共感する若い議員や有権者が増えている。

次の選挙では、よほどの妨害がないかぎり、ずっと切望していたように比例ではなく、選挙区でちゃんと当選すると思う。そのあとは、もう矢神を落とすことはできないだろう。もしかすると内閣《ないかく》入りも考えられるし、次期、総理大臣候補として、党内のエリート街道をまっすぐ進んでいくことになるはずだ。

だからそうなる前に、矢神をつぶしておきたいのだろう。

(この男たちがなにかまた罠を仕掛けてくるとしたら……きっと次の選挙まで。この数ヶ月の間……。その間は慎重に行動しなければ。また罠にかからないように)

そのときまで、何としても矢神を守らなければ。

こうして矢神を裏切る振りをしているのもそのためだ。時間をかけ、こちらを信頼させた結果、落合がべらべらといろんなことを喋《しゃべ》って、たとえば、敵の陣営がもうあのときの老婦人も脅しているという情報まで得られているのをありがたいことだと思おう。

「逮捕なんて困ります。何のためにこれまであなたに協力してきたと思うんですか。こちらにも理由があるんですから」

斜《なな》めに見あげた朝加と視線を絡め、落合は口もとに薄笑いを浮かべた。

「同じ穴の狢《むじな》ってとこか。お綺麗な顔して、怖い男だ。……じゃあ、またなにかあったら連絡するから」

落合はそう言って朝加に背をむけた。

じっと息を殺し、その姿が視界から消えるのを待つ。

靴音《くつおと》が消え、路地に沈黙がおとずれると、朝加は力がぬけたように壁に身体をあずけた。

(びっくりした……本気で……口淫することになるのかと思った)

ずるりと地面にくずれ、ぼんやりと冬の空を見あげる。

あの男とこんな場所で出くわすとは思ってもみなかった……。

情報交換のために、落合と密会するのは金沢の繁華街にあるラウンジと決めている。選挙区も違うし、そこならばれる確率も低い。

——裏切り者。スパイ。怖い男。

落合の声が耳から離れず、朝加は息を殺してぎゅっと固く目を瞑《つむ》った。

この二年半、自分は矢神を裏切って敵の陣営に情報を流し続けている。

情報をリークする代わりに、自分の口座に多額の金を振りこんでもらって。

その橋渡しをする報酬にと、落合から肉体関係を迫《せま》られた。

彼は、朝加を暴行した男のうちのひとりだ。あのとき、無理やり口で奉仕させられた相手。

それが忘れられなかったのか、こちらの本気を試《ため》しているのかわからないが。

すべては選挙後にという約束にしてまだ彼とはなにもしていないが、いずれ果たすときはくるだろう。

矢神を慕いながら、どうして裏切り続けているのか——その理由を彼は知らない。むしろ知られてしまったら困る。

（こうしていると、きっと次の選挙のときまでに何らかの動きがあるのがわかる。おばあちゃんの証言次第でこのままだとぼくは無実だけれど逮捕される。戸別訪問と選挙違反で。でもいざとなっても、晃ちゃんには迷惑はかからない。そうなるよう、こうして晃ちゃんを裏切って、わざと口座に金を振りこませているのだから）

金銭目当てに矢神を裏切っている振りをし続けていれば。

でないと、してやられてしまう。

親切心からやったことを、戸別訪問と金券ばらまき問題に仕立てられ、性的な暴行を合意に見えるように仕向けてくるやつら。それがマスコミにばれたら、根も葉もないことまで雑誌やスポーツ新聞に書きたてられ、矢神が破滅してしまう。

それにしても、ここまでしつこく彼を陥れようとしている人物は誰なのか。

敵だけではなく、内部にも絶対にスパイがいるはず。

次の選挙までにそれをはっきりと突き止め、その証拠を手に入れたい。

そのために自分を餌にしている……ということは、一生、自身の胸だけに秘めておくつもりだ。なにをバカなことをしているんだと矢神には叱《しか》られるだろうし、心のうちを知られたら、もうやめろ、そんなことはするな——と止められるのはわかっている。

秘書の仕事からは完全に遠ざけられるだろう。

(でも……犯人がわからなかったら、また晃ちゃんの選挙で妨害が……)

来年春に衆議院は解散し、選挙が行われるはずだ。だからそのときまでに犯人をさがしたい。二年半前の屈辱を晴らすまでは。それだけを目標にずっとがんばってきたんだから。

壁にぐったりと頭をあずけ、朝加は小さく息を吐いた。

——安心しろ、悪いようにはしねえから。矢神落選のために協力してくれるって約束してるんだし、逮捕されたら、あんたを俺のもんにできないんだしさ。

落合の声が耳から離れない。

（あいつのものになる……か。浅はかな約束をしたものだと思うけど、選挙違反で捕まってしまっては元も子もないから）

小さなころからイタズラされるのはしょっちゅうだったし、旅館の酔っ払い客からセクハラされることも多かった。

けれど矢神の秘書になってからは、彼のスキャンダルにならないよう、そういう誘いは毅《き》然《ぜん》と断っている。落合にもさっきは売り言葉に買い言葉のようにあんな態度を示したけれど、選挙が終わったあと――という約束にしているのは、それまでになにかやらかして、矢神の足を引っ張ることだけは避けたかったからだ。

裏切り者という立場がばれて、彼のもとから去ってからなら、ダメージにはならないだろうけど。

（……別に……誰と寝ても、なにをされても……ぼくはどうでもええんやけど）

辛いのは、矢神が自分の裏切りを知って傷ついてしまうことだ。

憎まれるのは仕方ない。実際、裏切り行為をしているのだから当然のことだ。

ただ弟のように大切にしてきてくれた矢神の、これまでの思いやりをぶち壊してしまうことになるのが申しわけなくて、どうしようもないほど哀しくて、この世から消えてしまいたくなるときがある。

十三年前の真冬の海で助けてくれたときから、矢神は変わらぬ優しさと兄弟同然の情愛を示してきてくれた。そんな彼を自分はひどく傷つけてしまうのだ。

その日が間近に迫っていることが朝加にはとても辛く、そして怖かった――。

□■□

目を瞑れば、まぶたの裏によみがえってくるのは真冬の夜の海――。

日本海から吹く冷たい突風に、目を開けているのも立っているのもままならず、骨が砕けそうな気がしたときのことを。

十三年前、朝加は母とともに大阪からそんな奥能登の地にやってきた。

たしか十二歳の誕生日の直前、凍てついた夜だった。

それまで母は大阪北新地《きたしんち》の横丁にある小さなスナックで働いていた。

生まれたときから母一人子一人の生活で、父親は妻子ある有名人とのことだが本当かどうか。母の儚げな美貌に吸いよせられて男が絶えたことはなかったが、彼女が好んでつきあうのは女のヒモになってしまうような男ばかりだった。

殴られても、つきあっている男から息子がイタズラをされても、借金を肩代わりさせられようとも、彼女はろくでなしに惹かれてしまう。

そして裏切られて捨てられるたびに「真臣がいたら、男なんていらんわ」と言って息子を抱きしめるのだ。

身勝手な言葉だとはわかっていても、こんなアホな女には、自分がいないとあかん…と思いこみ、朝加は懸命に母に尽くしていた。

児童ポルノまがいの写真撮影もしたし、ビデオにも出演させられた。

家賃のために一晩だけでいいから、知らないおじさんのいるホテルに泊まって欲しいとたのまれ、それで役に立つのならと、どんなに怖くても痛くても我慢したこともあった。もちろん一度だけでは済まなかったけれど。

そんな生活に転機がおとずれたのは、十三年前の冬だった。

つきあっていた男の保証人になった母は借金でヤクザに追われることになり、ある日、朝加の手をとって大阪駅へとむかった。

「もう逃げるしかないわ。このままやったら殺されてまうか、内臓をとられるか」

そうして彼女がむかった先は北陸の果て——奥能登だった。

金沢をぬけたころから空が重苦しくなり、いつしか景色を覆い尽くすほどの激しい雪が降っている。暖房が利いている車内の窓は、それでもすきま風が吹きこんでいて、コートを脱ぐことができなかった。

「あんたのお父ちゃんなぁ、北陸出身の議員さんなんやで。奥さんがおったから結婚できんなんだけど」

なだらかだった風景が山地に変わったころ、母がぽつりと言った。

「ほんまに？　議員なんて……まただまされたん違うの？」

「アホ。本物や。いつか大臣になるって言ってやったから、息子のあんたに真臣って、ええ名前をつけてあげたんやないの」

ぼそぼそと呟く母の声が乗客のまばらな車内に響いていた。

そして着いたのは、冬の北陸の風物詩——波の花が打ちよせる夜の海岸。

浜辺に立ち、母は朝加の手を強くにぎりしめ、唇をわななかせながら言った。

身体の芯まで凍えたようになって、立っていることさえできない冬の海だった。

「なあ……もうええやろ？　どうせ、この先、ええこともあらへんやろうし、このまま一緒に消えよう」

歯が嚙《か》みあわないのか、ひどく話しにくそうに、けれどはっきりとした口調で母が言った。

全身をふるわせながら、朝加はそれでも精一杯の笑顔を見せた。

「ええよ、お母ちゃんと一緒やったら」

二人で手をとり、痺《しび》れるような冷たい海へ。

けれど心はあたたかかった。これでもうお母ちゃんをだれにも盗られへん。アホな女やけど、ぼくのものになってくれるんやったらそれでええわ……と思って。

しかし大波に身体がさらわれそうになったそのとき。

「ごめん……冷たいのあかん、無理……死にとおないわ」

荒波のむこうから声が聞こえたかと思うと、母の手がするりと離れた。

「……っ！」

心臓が止まりそうなほど驚いた刹那、たちまち海へ呑《の》みこまれていった。

「――――っ！」

待って。手、離したらいやや。ぼくを独りにせんといて。

冷たい海で母の手を求めて懸命にもがいた。

「ごめんな、ごめん……ごめんな、真臣……ごめん」

母の泣き叫ぶ声が、荒波のむこうで聞こえた。

もしかして、お母ちゃんは、ぼくを――――？

海の水よりも冷たい水が胸の奥に流れこんでくるような気がした。

お母ちゃんはぼくが邪魔やったんや。ぼくがいることでよく男と喧嘩《けんか》してたから。

ううん、違う。お母ちゃんは弱い人やし、きっと急に死ぬのが怖くなったんや。

ぼくを殺そうと思ったんと違うよな？　違うって言って。お願いやし、違うって言うて。

冷たい水のなかでもがきながら必死に心のなかで叫んだ。

「ごめん、ごめんな」

また母の声が聞こえてきた。

そうか……やっぱり……そうやったんや。

なにもかもどうでもよくなった。すぅーっと身体から力が抜けていくのがわかった。

もう…ええわ、このまま消えても。どうせ生きてても楽しいことないし、将来やりたいことも思いつかへん。

生きたいという気力が尽きてしまったとたん、海水を呑んで息が詰まり、凍てつく冷たさに骨が粉々に砕けそうなほど全身が痛んであらがう力は失われていた。身体が泡《あわ》のように波の間をさまよっていく。

そのまま意識を手放しかけた瞬間、ものすごく大きな声で鳴く犬の声が聞こえた。

うぉーっと仲間を呼ぶような最初は咆哮《ほうこう》だった。

荒々しい波の音を割って聞こえるほどの犬の声。咆哮をあげたあと、キャンキャンキャンキャンキャンと犬が吠《ほ》えたてる。

波が岸壁にぶつかる音を切り裂き、必死に犬が吠えていた。

何だろう、と薄れそうになる意識のむこうでそんなふうに感じたとき。

「――おいっ、しっかりしろ！」

突然、強い力に腕を摑《つか》まれた。

「しっかりするんだ！」

波のはざまから聞こえてきた男の声。次の瞬間、はっと朝加は意識をよみがえらせた。そのまま強い力に手首をつかまれ、海の底から引きあげられる。

「大丈夫か」

耳に響く低い声。ぱんぱんと勢いよくほおをはたかれ、まぶたをひらくと、見知らぬ青年の顔があった。そのむこうで大きく吠えている子犬。

暗がりのなか、街灯に照らされてぼんやりと見えたのは、外国映画に出てくるような端整な顔立ちの高校生くらいの男だった。キャンキャンと男の横で小さな犬が吠えている。

「こいつが見つけてくれたんだ」

男が目を細めてほほえむ。その慈しむような笑みに朝加は身体の冷たさや軋みが遠ざかるような錯覚をおぼえた。

「お母さんも無事だ。今、救急車がくるから安心しろ」

男の手が濡れた肌を撫で、人工呼吸してくれる。それなのに、自分はすなおにありがとうが言えなかった。

「余計なこと……せんでもええ……ぼく……生きてても……しゃーないねん」

口からでてきたのはそんなひと言だった。

みじめで哀しくてどうしようもなかったのだ。どんなにイヤなことでも我慢してきたのに、最後の最後に母親から見捨てられてしまったことが哀しくて。

誰からも必要とされていないのに生きていて何の意味があるだろう……そう思って。

そのとき、男が不遜な態度で言った。

「残念だったな。この俺が命がけで助けたんだ。おまえに死なれたら助けた意味がなくなる。おまえは俺に感謝して恩をかえすまで死ねないんだよ」

なにを言ってるんだろう。傲慢《ごうまん》で生意気でいやな男だ……。

そう思いながらも、背中を抱く腕のたくましさに身体の奥が熱く痺れるのを感じた。

言葉とはうらはらのその腕の優しさ。肌をさすってくれる手のひらの強さに生きる勇気を与えられた気がして、そのなにもかもが泣きだしたくなるほど愛《いと》しく思えたのだ。

冬の海で自分を蘇生《そせい》させてくれた青年。

それが矢神晃史だった。

その後、どういう経緯があったか知らないが、母は住みこみで矢神の母親が女将をしている老舗《しにせ》の温泉旅館の仲居として働くことになった。

行き場がなくて困ってる、とか、このままでは親子二人で死ぬしかない、と言って矢神の母親に泣きついたのだろう。大阪のヤクザへの借金も何とか肩代わりしてもらうことができ

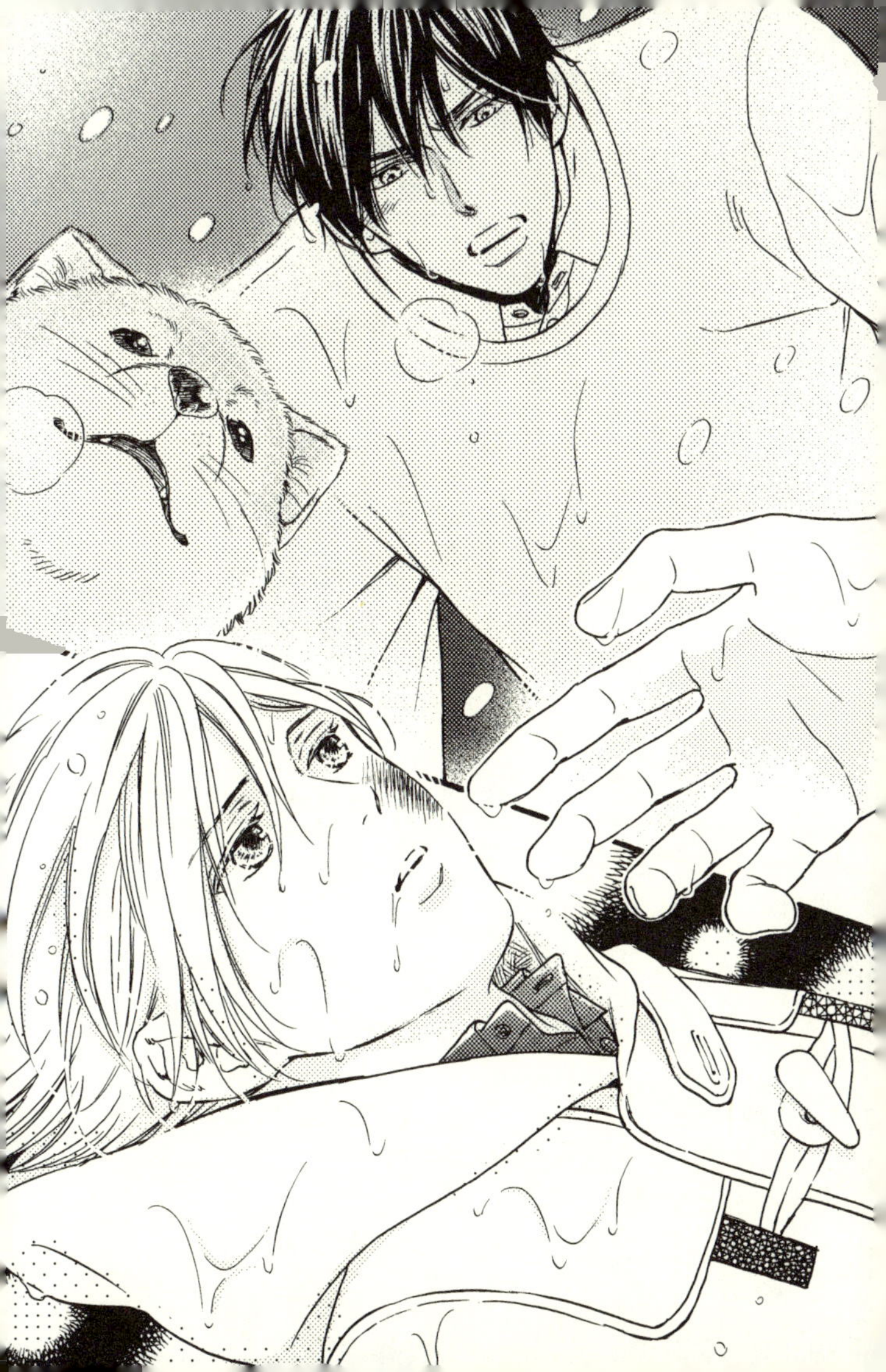

たらしい。こういうところはちゃっかりしているタイプだった。

（よかった、居場所が見つかって。しばらくは……無事に暮らしていけるやろう）

あのとき、本当は自分を殺すつもりだったのではないか。

朝加は怖くて母に訊くことができなかった。そのつもりだったと言われたら、どうしていいかわからなかった。本当に自分の居場所がなくなってしまう気がしたから。

自分たち親子に与えられたのは、海沿いに建つ巨大な温泉旅館の裏手にある従業員用のアパートの一室だった。

二階建てのモルタルの古い家屋で、黒光りする階段をのぼった一番奥の部屋だった。

閑散とした和室に豆電球がぶら下がっていた部屋に布団を敷いて寝たものの、最初の夜は、幽霊のうなり声のように響く海鳴りの、そのあまりの凄絶《せいぜつ》な音に驚き、一晩中眠れなかった。

母も同じ気持ちだったのだろう。

「あんまり好きになれへんわ……こんなとこ」

ぼそりと呟かれた言葉に、ああ、きっといつか彼女は自分を置いてここから出ていくだろう、そんな予感が胸をよぎった。


しばらくして卒業間近の中途半端な季節に朝加は近くの小学校に転入した。

そのころの楽しみといえば学校からの帰り道、高校の邦楽部で小鼓《こつづみ》の稽古《けいこ》をする矢神の姿を眺めることだった。

加賀《かが》百万石《ひやくまんごく》時代から北陸には伝統的な日本芸能が根づき、あちこちの学校で和太鼓をはじめとする邦楽の稽古をしている光景を見ることが多かった。

矢神は名家の息子のたしなみとして古くから伝えられてきた太鼓や小鼓を習っていた。

冬の海で助けてくれた高校生——。

旅館で見かけても経営者の一人息子に自分が気軽に声をかけられるわけはなく、ひと言も口を利いたことはなかった。

いつかきちんとお礼が言えたら、恩返しができたら……と思いながら、体育館を見ることのできる金網に手をかけ、ぼんやりと彼を見ていたものだ。

黒い着物に灰色の袴《はかま》。端座して静かに小鼓をうつ姿から今にも滴りそうな艶が漂う。

冬のひっそりとした夕暮れの陽がそそがれるなか、体育館のすみに座り、上品な手つきで何本もの朱色のひもをゆわえて調節したあと、黒い和服の袂《たもと》がひじまで落ちるのも気にせず、矢神は右肩に乗せた小鼓をうちこんでいた。

黄昏《たそがれ》の静けさのなかに、ポン、ポポン……と冴《さ》えた小鼓の音色が響く。ひとしきり稽古を終えると、他の部員たちが彼を囲み、輪ができあがっていく。

他人に崇《あが》められることになれ、人の上に立つことを当然のように享受できる男。生まれながらにして帝王然とした男のみが刻める、余裕と色香に満ちた笑み。

そんな彼の微笑を、朝加は吸いこまれるようにながめ続けた。

彼は自分とまったく正反対で、一番遠い場所にいるひと。

美しくて自由で、誰からも愛されるべき存在とはああいうひとのことをいうのだ。

そのことにどういうわけか誇りを感じながら、矢神が小鼓をうつ姿をながめているうちに、なぜか無性に声をあげて泣きたい衝動に駆られた。

大阪のアパートでのひとりぼっちの夜や、母の恋人に五百円玉をにぎらされていやらしいことをされたときのことや、暗澹《あんたん》とした冬の海で母の手が離れたときの刹那の時間が、胸の中で次々と重なり、どういうわけか泣き叫びたくなってしまったのだ。

助けて。ぼくの手を離さんといて……。

そんなふうに叫んだのは、あの冬の海が初めてだったのに、本当は大阪にいたときから同じ言葉を紡ぎ続けていたように思う。

ふいに衝きあがってきた孤独感をふりはらうように金網を強くにぎりしめ、朝加は涙がこみあげそうになるのをこらえて矢神の姿を見続けた。

（あのときの犬はどこに行ったんやろう、あの犬に会いたいって話しかけても平気やろうか。それともやっぱりぼくなんかが気安く話しかけたらあかんのやろうか）

またあの人に笑顔をむけてもらえることができたらどんなにいいだろう。

もう一度あの眸に見つめられたい。あのひとが犬の散歩に行くときに連れていってもらえたらいいのに。それだけでもいいから。そんな願いをいだきながら――。

ただ彼はあまりにも遠い存在で、ただ眺めることしかできなかった。


けれど胸にいだいていた儚い望みを、彼のほうから叶《かな》えてくれる日がきた。

それは冬の合間に、めずらしくあたたかな日が訪れ、静かに凪《な》いでいる海が陽射《ひざ》しにきらきらと光っていた午後のことだった。

北陸の風物詩――雪吊《づ》りをほどこした木々がならぶ庭で、旅館を飾る真紅の椿を集めていると、突然、後ろから若い男に声をかけられた。

「おまえ、新しくきた仲居の息子だって？」

たまに旅館に出入りしている若い漁師の一人だった。

「あ、はい、そうですけど」

椿を抱えたまま、ふりむくと、男は無精髭《ぶしょうひげ》の生えた自身のあごを撫でさすりながらしみじみと朝加の顔を見つめた。

「ほっぺたが真っ赤でかわいいな。近くで見ると、真珠みたいに綺麗な肌をしている。顔もなかなかの別嬪《べっぴん》だなおまえ、大阪で、金次第で男にいやらしいことさせてたって聞いたけど……たしかにおまえなら、イタズラしたくなる気持ちもわかるよ」

その言葉に寒気がして、朝加は一歩あとずさった。

「いやや……いややで。そんなんする気ないから」

大阪でのいやな記憶。北陸にきて、矢神のところでふつうの生活をするようになって、どれほど自分が恥ずかしい暮らしをしてきたか初めて気づいた。

なにも知らなかったときは、母親の役に立っていると思って我慢できたことでも、それがどういうことなのかはっきりとわかってしまった今は、怖くておぞましくて……昔、平気でできたこともできなくなっていた。

「そう言われても困る。おまえの母親に一万とられた。一時間、好きにしていいという約束で。ちょっとあっちで相手してくれないかな」

腕をぐいとつかみとられる。

「ちょ……いやや……いやっ」

「うるさい、だまってろ」

口を押さえられ、雪の上をひきずるように連れて行かれる。手から落ちた椿の花びらが雪の上に血のように散乱していく。旅館の裏の物置スペースの、さらにそのむこうにある、今は使われていない掘っ立て小屋のような物置に連れこまれてしまった。

藁《わら》の上に身体が投げだされたかと思うと、いきなり前髪をわしづかみにされる。

「慣れてるんだろう、早く楽しませてくれよ」

男はベルトを抜き、ズボンのジッパーを下げた。

しかし次の瞬間、その動きが止まる。小屋の奥のほうから、突然、うーっという犬のうなり声が聞こえた。

「犬……っどうして」

暗がりから現れた白っぽい犬が奥の柱のむこうで甲高い声をあげる。

ワンワンっと吠えたてる犬。あのとき、矢神が連れていた子犬がそこにいた。

「ちくしょう、だまってろっ、何だ、あの犬は」

男は地面に落ちていた棒を拾って、犬に殴りかかろうとした。とっさに朝加は男の足にしがみつく。そのとき。

「ダイスケ、どうした、何の騒ぎだ」

小屋の扉がひらき、長身の男が入ってきた。

「あ……」

ふりあおぐと、学生服姿の矢神が怪訝《けげん》そうな顔でたたずんでいた。

あの人だ……と、一瞬ほっとしたもののそのあまりの不機嫌そうな様子に、朝加は表情を固まらせた。

「なにをしているんですか。ここはうちの旅館の敷地ですよ」

「これは……その……あの」

「いくらお支払いになったか、わかりませんが、うちの旅館では売春斡旋《あっせん》はしておりません。だいいちまだ子供に。犯罪ですよ」

「あ、ああ、これは……その……一万でこの子を話し相手にと言われて」

男はあわてて衣服を整え始めた。

「では俺から一万円はお返しします」

矢神は財布から一万円札をぬきとり、男に突きだした。

「その代わり、お宅から、今後、海産物を購入することはないと思いますが」

「待ってくれ、一万円はもういい。二度としないから。すまなかった」

しどろもどろに言うと、男はそのまま小屋をあとにした。

残された朝加が見あげると、矢神が手を差しのべてきた。

「大丈夫か、おまえ」

「あ……うん。犬のおかげで助かった。ありがとう。犬、こんなところにいたんだ、ずっと会いたかったんだけど」

彼の手をとらず、朝加は泣きたいのをこらえながら立ちあがって小屋の戸口にむかった。

真っ白な雪原に、散乱した赤い椿の花びら。

朝加はしゃがみこみ、椿の花びらを一枚一枚拾い集めた。

後ろから矢神が声をかけてくる。

「ここでこっそりダイスケを飼ってたんだ。うちは旅館で、客の出入りが多いから犬を飼えなくて、それで誰にも内緒で…」

「ええよ、誰にも言わん。その代わり時々、会いにきてもええ？」

ふりむき、朝加は矢神を見あげた。

矢神は一呼吸置き、少し聞きづらそうに訊ねてきた。

「それはかまわないけど。あの、それより、ああいうこと……よくあるのか？　知ってるだろう、ああいうことは…」

「……っ、お願い、女将さんには黙ってて。お母ちゃんが追いだされる。そしたら」

「だけど……」

「ぼく、独りぼっちになる」

「独りぼっちって」

「あんなこと平気だから、慣れてるから」

「昔からああいうことしていたのか」

「あ……」

返事ができなかった。知られたくない。そう思った。この綺麗な、あこがれの人に自分が過去にどれほど浅ましいことをしていたか……ひとかけらも知られたくなかった。

「あんなことされて平気なのか？」

肩を強く揺すられ、朝加はうつむき、唇を噛み締めた。

いやだ、絶対にいやだ。訊かないで。祈るような気持ちでそう思ってうつむき続けたが、次の矢神の言葉に、朝加の胸は冷たく凍った。

「ビデオや写真も……好きで出ていたわけじゃないだろう」

「っ……そのこと……どうして」

朝加はひきつった顔で彼を見た。矢神はやるせなさそうに目を細めた。

「やっぱりそうだったのか。うちの母親が調べたみたいなんだけど」

ああ、もう知られていたのか。とうにこの人に知られていたのだ。頭上からはらはらと雪が降り、小屋の脇にある古びた石灯籠《いしどうろう》に白い綿帽子のような雪が積もっていた。風が吹くたび、ほおや首筋に突き刺すような痛みを感じる。

「すまない、おまえの母親を住みこみで雇うにあたって、いろいろと調べたみたいなんだ。そのとき、おまえの話を聞いてしまって」

そうだったのか。それはそうだろう。彼の伯父は国会議員だ。ここの旅館も北陸随一の温泉旅館だ。得体の知れない流れ者を雇うわけがない。きちんと素性を調べていたのか。

「それで気になっていたんだけど、まさかあんなことを……」

切なげに言われると、胸がいっそう痛くなった。

知られていた。自分が恥ずかしいことをしていた事実を。きっと穢《きたな》いやつだと思われている。そう思うと、その場で消えてしまいたくなった。

「なあ、おまえの母親にはっきり言おう。いやだって、もうあんなことしたくないって」

矢神に手を摑まれそうになり、朝加はとっさに払った。

「い、いいだろう、あんたに関係ない。放っておいてくれよ。あれはぼくのできる唯一のアルバイトだから。ぼくもお金を稼がないと、お母ちゃんが困るから」

「唯一のアルバイトって。だけど好きでやってるわけじゃないだろう」

「好きとか嫌いとか関係ない。お金を稼ぐのは大変なことだってお母ちゃんが言ってた。だからしているだけ」

本当はイヤだった。けれど無理やりされていると言うと、自分がひどく惨めな気がして、こんなのはたいしたことじゃない、望んでやっていることだと言いたかった。つまらない意地、意味のない強がりだと心のなかでわかっていても。

「あんなのバイトって言わない。犯罪だぞ」

「っ……犯罪？」

「おまえを買ったやつも、おまえを売ったやつも逮捕される。おまえは少年保護施設行きだ。わかってるのか」

「そんな……」

「おまえの母親なんて、逮捕されても仕方ないことしているんだ。あのときだって……俺は知ってるんだぞ。おまえの母親がなにをしようとしたか」

「言わないで。言葉にしないで」

「どうして」

「ぼく、ちゃんとわかってる。あのひとがなにをしようとしたか。でも他人からはっきりと言葉にして言われたら、みじめやんか。実の親から、死んでもええって思われてたなんて。バイトのこともそうや、親に売られたなんて哀しすぎる。自分からこれは金儲《かねもう》けや、バイトやって思って……そうでもせんかったら、やってられんやろ」

「……そうだったのか、すまなかった、おまえの気持ちわからなくて。そうだよな、そうでも思わないとやってられないよな」

切なそうに言われ、感情がほとばしるのを止められなかった。

「そうや、ほんまは……こんなん……いやに決まってるやん。男のひとに、いやらしいことされるなんて……いやでいやで……死んでしまいたくなるほどいややのに……そやけど……う……っ……っ」

言葉が詰まってもうなにも出てこない。これ以上、なにか言うと泣いてしまう気がして、ぎゅっと手をにぎって唇を噛み締める朝加に、矢神は椿の花を差しだしてきた。

「これ……」

「え……」

「一輪だけ無事だった。おまえのことさがしていたら、雪の上で椿の花がぐちゃぐちゃになってて……びっくりして、なにかあったんじゃないかって心配で足跡をたどってきた……よかった、無事で」

さがしにきてくれた。心配で。よかった、無事で。

ふいに、ぎゅっと心を締めつけられるような胸の苦しさを感じた、なにかがあふれそうな、そんな苦しさ。

「そうだ、どうだろう、おまえ、明日から俺の下でバイトをしないか」

「……バイト？」

「この犬、ダイスケって言うんだけど、おまえんとこであずかってくれ」

「え……」

「この物置でこっそり飼ってた。だけど、それではダイスケがかわいそうだろ。おまえ、従業員用のアパートの部屋でこいつを飼って、俺の代わりに世話をしてくれないか」

「ぼくが？」

「バイト代をやる。そうしたら、もうあんなバイトをしなくて済むだろう」

「嘘《うそ》……ぼく、この子と暮らしてええの？」

「ああ」

「ぼくの部屋に連れていってもええの？」

「ああ、そうしてくれ」

「ぼく……じゃあ、今夜からダイスケと寝てもええの？」

「もちろん」

矢神が白くてふわふわとした子犬を朝加の腕にポンと押しこむ。あたたかい。ぎゅっと抱きしめると、うれしそうに尻尾を振ってしがみついてくるのがいじらしい。

「ダイスケ……今日からぼくと一緒に暮らすんやて」

今夜からこの子と一緒に眠れる。ひとりぼっちで眠らなくていい。この子と一緒にいられる。うれしくて朝加はそっとダイスケの額に顔をすりよせた。ふわふわとした毛がほおを撫でたかと思うと、小さな犬が舌先でぺろりと朝加を舐《な》める。

「たのんだぞ」

笑顔をうかべ、矢神の大きな手が朝加の髪を撫でる。毛を梳《す》きながら、優しげに。その感触もダイスケの毛の感触もあまりにも心地よくて、ふいに胸が熱くなった。

「……っ」

それまでいっぱいいっぱいでこらえていたものが決壊したかのように、どっと朝加のまなじりから涙があふれた。ぽろぽろととめどなく流れ落ちていく。

「……ごめ……変や……ぼく……」

どうしよう。涙が止まらない。ダイスケを抱きしめたまま、朝加は唇を震わせ、こみあげてくる嗚咽《おえつ》を必死に耐えた。

「……っ!」

ダイスケの舌先が朝加の眸からしたたり落ちる涙をぺろりと掬《すく》いとっていく。黒々とした目が心配そうに自分を見ている気がして、朝加は手のひらで涙をぬぐいとった。

「ごめん……変だね、泣いたりして」

「いいよ、強がるな。イヤなときや辛いときは泣いていいんだぞ」

苦しげに囁《ささや》かれた矢神の声に胸が痛くなった。

ううん、強がっていないと、否定するつもりが、それよりも早く、すーっと朝加の眸からまた流れた涙を見て、ダイスケがおまえを守ってくれるから」

「これからダイスケがおまえを守ってくれるから」

前髪を撫であげられ、ダイスケを抱きしめている手の甲を彼の手が包みこむ。彼の手の温もりとダイスケのやわらかな感触に、胸の奥が一気にあたたかくなる気がした。

「この子のこと、大事にする。ありがとう」

「ああ。それからあとひとつ……手、出せ」

言われるままに、片方の手をさしだす。すると手首をつかみ、矢神は自転車のキーをぽとんとそこに落とした。

「やる」

　きょとんとした顔で、朝加は手のひらのキーと矢神の顔を交互に見た。

「駐輪場にある自転車のキー。黒いやつの。俺、背が高くなって、あれ、もう使えないんだ。だからおまえにやる」

「……あの」

「おまえの中学、ここから距離がある。自転車に乗って帰らないと、おまえ、夕方の散歩には間に合わない」

「え……ぼく、自転車通学したほうがええの？」

「でないと、一緒にダイスケの夕方の散歩ができないだろう」

「三人で散歩するの？」

「ああ、三人じゃなく、二人と一匹だけどな。四月からは、夕方はおまえひとりで、大学が休みのときは俺も一緒に」

　くすりと唇の端を歪《ゆが》めて笑った矢神につられ、朝加も唇に笑みを刻んだ。

「わかった、散歩する。夕方、ダイスケの散歩に行く」

「やっと笑ったな、おまえ」

　すると矢神は目を細めてその微笑を見たあと、朝加の手から赤い椿の花をとり、髪に挿《さ》しこんできた。

「かわいいな、おまえ。大人になったら美人になるぞ。性格も気が強くてなかなかおもしろい。女の子だったら絶対に嫁にしたのに」

「バカだね。女だったとしてもぼくなんて嫁にしたらダメだよ」

「何で？　本気で言ったんだけど」

眉間《みけん》にしわを刻み、矢神は朝加の顔を見下ろした。

「母親は水商売出身だし、父親は名前もわからない。ぼくは児童ポルノに出ているし、汚れた経歴の持ち主だろ。いくら顔がかわいくても、そんな経歴の人と結婚したら加賀苑も継げなくなるし、あんたの将来に疵《きず》がつく」

かなり本気で言ったのだが、目を大きく開け、矢神は驚いたような顔で朝加を見た。

「俺の将来に疵？」

「自覚しないとダメだよ、自分が北陸一の御曹司《おんぞうし》だって。議員さんになるにしろ、旅館の経営に関わるにしろ、結婚相手は慎重に選んだほうがいいよ」

きっぱりと言う朝加に、矢神は眉をよせた。

「しっかりしたこと言うな。子供なのに。おまえみたいなやつ、初めてだ。能登では大人でも俺に面と向かって意見を言う人間はいないのに」

「ごめん……態度悪くて」

せっかく話しかけてくれているのにどうしてこんな態度しかとれないのだろう。

ありがとうとさっきの御礼を言って、ずっとあこがれていた、助けてもらったことへの恩返しがしたいと言いたいのに、どうして説教じみたことを口にしてしまったんだろう。

するると頭上で矢神がくすりと笑うのがわかった。見あげると、艶のある眸が自分をとらえている。

「いいよ、謝んなくて。俺には気を遣うな。素直に何でも口にしろ」

耳元の椿の花の冷たさとはうらはらにふわりと肌をかすめた指のあたたかさに、ふと息が詰まりそうになった。

「うん、そうする」

はにかみながらもう一度笑った朝加の毛先を矢神はくいっとひっぱる。

「…これからは、小鼓の練習が見たいときはふつうに体育館に入ってきていいから」

「気づいてたの？」

「ああ、あんなところに立ってたら、冬は凍えるし、夏は熱射病になる」

「いいの？」

「ああ、これで恩が三つだな」

「三つ？」

あの海、さっきの物置小屋、そして体育館に入っていいことを指しているのだろうか。

「また恩が増えた。おまえ、しばらくは死ねないな」

もしかして自分のことをあれからずっと案じてくれていたのだろうか。

目をみはった朝加に、矢神は慈しむような笑みを見せた。

「おまえの命を助けたのは俺だ。おまえは俺のものだ。恩がある間、おまえは生きていく義務があるんだぞ」

そのときの笑顔。またあの笑顔をむけてくれた。彼の笑顔のあるところが自分の居場所だ。そんな実感を噛みしめるように、朝加は矢神の笑みから目を離せなかった。

あのとき、矢神があずけてくれたダイスケ。

彼のいる場所にはいつも矢神の笑顔があった。

それからは、夕刻、彼とふたりでダイスケを連れて海岸を散歩した。

一緒に獣医に行って予防接種をうってもらって、一緒にペットショップに行ってフードを買って、それから一緒に従業員用の風呂場《ふろば》でダイスケの身体を洗った。

彼とそんなふうに過ごせるのもうれしかったし、母が旅館に泊まりこんでいるひとりぼっちの夜、誰もいないときにダイスケと一緒に過ごせるのがうれしかった。

抱きしめるとふわふわして、キスをすると舐めかえしてくれて、ほおずりするとむこうも身体をすりよせてくれる。ふたりの楽しい時間、自分の居場所。

黄昏どきの物静かな海沿いの道を、矢神と二人、ダイスケを連れて散歩する日々。北陸の閉鎖された社会で育った矢神にとっては、大阪からきた大阪弁を話す少年が異世界からやってきた人間のように思えて新鮮だったのかもしれない。

しばらくして矢神は小鼓のうち方を教えてくれた。

かけ声が恥ずかしくてもじもじしていると、すかさず背中をたたくような乱暴な教師。けれどていねいに教えてくれたので、半年もしないうちにそこそこの腕前に上達した。

「——ここにきてよかったか?」

稽古のあと、旅館の露天温泉につかりながら、矢神はよくそんなふうに訊いた。

「うん。でもここも長くいられるかわからないよ。お母ちゃんが男を作って、またなにかしでかすかもしれないじゃないか」

と言うたび、矢神は笑顔で言った。

「母親に恋人ができたときは俺が面倒をみてやる。ここがおまえのいる場所だから。そのつもりでダイスケの世話をたのんだんだ。あいつはおまえの家族なんだから」

そう言って頭を撫でられると、またやわらかなあたたかさが胸に広がってまなじりが熱くなってくる。けれど涙を見せるのが恥ずかしくて、朝加はまぶたを瞑って口だけで笑うという変な顔しかできなかった。

「変な顔」

「温泉が口に入ったからだよ。しょっぱいから」

塩分の強い温泉水。無色透明の、とても身体があたたまるお湯。そのなかに、ふたりで入っていると、心も身体も芯からほかほかになった。

しかしそんな幸せは朝加の予想通り長く続くものではなかった。

翌年の冬、母はこともあろうに旅館の売りあげを盗み、板前見習いの若い男と駆け落ちしてしまったのだ。そのことを聞いた瞬間、母に捨てられたショックよりも、ただただ矢神の家に申しわけなくて蒼白《そうはく》になった。

「ここで働いて母の盗んだ金をかえしますから、どうか警察に届けないでください」

矢神の母親は、どうしたものかと頭をなやませていた。

従業員の不始末が世間に知られると旅館の信用問題になるし、警察に訴えたくはないという気持ちが腹の底にあったのだろう。

女将は、盗まれた金は母の退職金代わりにする、だから警察には連絡しないと約束してくれた。

ただし保護者のいない中学生を置いてはおけないので、大阪の施設にあずけるという言葉とともに。ダイスケは別の従業員があずかるという話が大人たちの間で進められ、朝加は旅館を出ていくことになった。

（大阪の施設に。もうぼくの居場所はない。ダイスケと晃ちゃんのそばにいられない）

とぼとぼとアパートにもどり、朝加は出ていく支度をはじめた。

母と料理人との交際は知っていたし、子供がいなかったら再婚できるのに……と陰で仲間の仲居に相談していたことも知っている。いつか捨てられるだろう、殺されるよりはずっとマシだから、そのときは笑顔で母を見送ってやろうと覚悟していた。

冬の海で心中しようとしたときだって自分だけ逃げだすような女だ。何のあてにもしていなかった。しかしさすがに実際捨てられてしまうと胸が軋んでしまうものだ。

座卓には、母の残した小さなメモ書き。

『真臣、旅館の晃史坊ちゃんがあんたのこと気に入ってるみたいやし、一緒にいたいと泣きついたらきっとよくしてくれると思う。がんばってな』

朝加は紙切れをぎゅっと握りしめ、胸の奥からこみあげる慟哭《どうこく》に耐えた。

（ふざけんな。旅館の金を母親が盗んでんのに、息子のぼくが甘えられるわけあらへんやんか。アホっ、なに考えてるんや）

矢神が気に入ってくれているからといって、高校生の彼に泣きついてどうなるのか。

自分は母とは違う。断じて他人をたよったりはしない。そう己に言い聞かせると、朝加は矢神からもらった自転車のキーを封筒に入れ、仲居の一人にあずけた。

そして別の従業員のもとに連れて行く前に、ダイスケに別れのあいさつをした。

秋田犬の雑種らしく、今ではすっかりと大きく成長したダイスケを抱きしめ、朝加は彼の首筋に顔をうずめた。

「ごめんな、ずっと一緒にいられんで。ごめんな、ごめんな」

ぽろぽろと涙が流れ落ちる。これが最後だというのがわかるのか、ダイスケがきゅんきゅんと鳴いて朝加の顔を舐めてきた。

ダイスケ、大好きなダイスケ。矢神と一緒にみんなで散歩するのがどれだけ楽しかったか。淋しい夜に一緒に眠るのがどれほど幸せだったか。

「ダイスケ、元気でな」

泣きながら立ちあがったそのとき、これ以上ないほど大きな声でダイスケが吠え始めた。ワンワン、ワンワンと、夜の闇《やみ》にこだまするほど大きな声で。

「だめだ、ダイスケ、こんな時間に大声を出したら」

静かにさせようとしても、ワンワンと吠えるのが止まらない。さすがにそのことに気づいたのか、従業員寮に矢神が現れた。

「待てよ、出ていく気なのか」

「晃ちゃん……」

「どこに行く。これはどういうことだ」

自転車のキーをつきだし、矢神が不満そうに言った。

「大阪にもどる」

「おまえの面倒みる約束したのに、わすれたのか？」

「約束もなにも、大学生の晃ちゃんにたよってどうすんの」

「俺への恩返しは？　おまえ、またあの海で死ぬ気じゃないだろうな」

「大丈夫や。それはないよ」

本当はそうしようかとも思った。けれどこの近くの海岸で死んだら、矢神や旅館の人に迷惑がかかる。だからやめようとも考え直したのだ。

「朝加」

扉に手をかけた肩をつかまれ、ぐいと矢神に身体を反転させられた。

「……ほかに家族や親戚《しんせき》は？」

朝加は口を噤《つぐ》み、うつむいた。

「父親は？」

「ほんまかどうか知らんけど、北陸出身の議員だって。いずれ大臣になるかもしれないから、ぼくの名前、真臣にしたって」

「だから下の名前、嫌いなのか？」

そういえば、一度、矢神から真臣と呼びたいと言われたのを断ったことがある。

「うん、名前、嫌いやねん。まあ、あの女の言うたことやし、口から出まかせかもしれんけど、一応……そういう話らしいわ」

「ツテは?」

「そんなものがあったらオヤジのところに行って、養育費をせしめるに決まってるだろう。そしたら旅館への借金も返せるから」

もちろんそんなことをする勇気はない。ただ虚勢を張って強気なことを口にしなければ、涙をおさえることはできなかったのだ。

そんな朝加をしみじみと見て、矢神がふと漏らした。

「たのもしいな。……生きていたら弟もおまえみたいになっていたのかな」

「——弟?」

「十年前だ。弟、あの海で溺《おぼ》れて還《かえ》ってこなかったんだよ」

「えっ……」

矢神はそのときのことを簡単に説明してくれた。年末年始の旅館の繁忙期、矢神が学校に行っているとき、一人で浜辺にでた弟は波にさらわれてしまった。学校からの帰り道、そのことに気づいた矢神が海に飛びこんで助けだしたが、すでに弟の息はなかった。

「あれから両親は姉と俺を失いたくないと言って、何でもしてくれるようになったけど」

「……そうやったんや」

「おまえを助けたとき、救われた気分になった。弟を助けられたわけじゃないけど、弟と同じように溺れている子供を助けることができて。だからいてくれ、弟の代わりに」

そうだったのか。このひとが自分に親切にしてくれたのは、彼自身、心のもっていき場所がなかったせいで。だから矢神はあれほど自分が海で死ぬかもしれないと案じて。

「母親は説得する。俺のたのみをきかなかったことはない」

「でも」

「おまえの命は俺が助けた。だからおまえは俺のものだ。ずっとふたりでダイスケを守っていこう。こいつは俺とおまえの家族だろう。だからいいだろう？」

すがるようなまなざしをむけられ、知らずうなずいていた。

このひとはただの幸せな坊ちゃんではなかったのだ。外からは見えない心の傷をひそかにかかえていたのだ。

身代わり。そして贖罪《しょくざい》。親切にしてもらう理由がわかって心が軽くなった。

自分が存在することを少しでも必要としてくれている理由がわかって。

このひとのそばにいていいのだ。ここにいてもいいのだ。そう思ったとたん、熱いものがこみあげてきた。

「ぼく……晃ちゃんに助けてもらってよかった。あんな母親でも、二年も二人だけで過ごせたのって初めてで、けっこう幸せだったんだよ」

「じゃ、ここにいるんだな？」

矢神は朝加の手のひらに自転車の鍵《かぎ》を落とした。小さな鍵をにぎりしめると、自転車をもらったときに感じたぬくもりが心によみがえってきて、あたたかな幸福感に満たされる。

「ここにいたい……晃ちゃんと一緒にダイスケと暮らしたい」

気がつけば、そんなことを口にしていた。

「おまえは賢くなるんだ。もっと強い力、生きるための武器を身につけるんだ。親の無理心中につきあわなくても、一人で生きられるように」

朝加は矢神の言葉になにかが胸の奥で弾けるのを感じた。賢くなれ。生きるための武器。力。そんなことを言ってくれたひとは初めてだったから。

「けど、どうしていいかわからない」

「俺は将来、政治家になるから」

「政治家に？　政治家って、総理大臣とか？」

「ああ。これまでまわりから薦《すす》められても乗り気になれなかったけど、おまえを見てると、おまえみたいな子供がいなくてすむ社会を作るのも悪くないって、ガラにもなく思うようになったんだ。おまえは、その手助けをしないか？」

「そんな難しいこと、ぼくにできるかな？」

「そのままでいいんだ。今のまま、大人になっても俺に面とむかって意見を言い続けろ。おまえが思ったことを正直に言うだけで、俺を守ることになるから」

「それでいいの？」

「ああ」

矢神がなにを言っているのか、このときはあまりにも幼くてわからなかった。ただ、そのくらいならできるかもしれないと思って知らずうなずいていたのだ。

「うん、ぼく、ずっと晃ちゃんのこと守ってあげる。ぼくとダイスケでずっとずっと晃ちゃんのこと守ってあげるし」

笑顔で呟くと、矢神はダイスケごと固く抱きしめてくれた。

自分がダイスケを抱き、そんな自分を矢神が抱きしめる。

ふわふわ、ふわふわ。そしてぬくぬく。

そして矢神が、またあのいつもの包みこむような慈しむような笑みを見せてくれた。

この顔が好きだ。この顔を見ていたい。ここに自分の居場所が欲しい。このひとの笑顔が見られるなら、どんなことだってする。

優しい体温を感じながら心に誓った。一生、このひとを支えようと。

政治家になるこのひとを守ることが自分の生きる道だと信じて。

3

出逢ってから十三年――。

中学を出たあと、高校には進学せず、朝加は加賀苑に就職して母の借金を全額返済した。母からは一度『元気でいるから心配しないで』というハガキが届いただけ。どこにいるのかさがしているが、いっこうに足跡を見つけることはできなかった。

矢神は二十五歳のときに県会議員となり、伯父が亡くなったあとは、彼の地盤を継いで代議士になった。そして朝加は矢神の秘書として地元の事務所で働いている。

年が明けた土曜の夕刻、朝加は助手席に矢神を車に乗せ、金沢へとむかった。同じ党に所属する地元の市会議員や県会議員とコンタクトをとり、最新の市政や県政の様子を知るために。

新年のせいか道路がすいていたために予定よりもかなり早くついてしまった。

駐車場に停車しても眠っている矢神を起こすのがしのびなく、朝加はエンジンをかけたまま時間を過ごした。

すっかり陽が落ち、沈んだ暗さのなか、矢神の寝顔に深い影が刻まれている。

十一年前、矢神がなにを云《い》わんとしていたのか、今の自分にならわかる。

（晃ちゃん……）

『……おまえが思ったことを正直に言うだけで、俺を守ることになるから』

この北陸の、因習が深くて、狭い社会のなかで、矢神は彼に遠慮なく厳しい意見の言える人間を求めていたのだ。

誰からも大切にされ、崇められる反面、甘やかされることで世間の常識がわからない政治家になりたくなかったのだろう。

自尊心が高く、自分に自信のある矢神らしい言動だ。

だから彼のために尽くすこと、彼を守ることが自分の役目だと思っているし、彼が怒ることでもまちがっていると思ったことは口にするようにしている。そんな自分を認めて矢神もとても大切にしてくれた。

身内としての愛情、兄弟愛や友愛に似た感情。そんな想いをかけてもらうだけでも天涯孤《てんがいこ》独《どく》の自分には身にあまるほどなのに。

それなのに彼がむけてくれる情愛が今の朝加にはどうしようもなく痛い。

大切にはしてくれている。けれどそれは自分のいだいている愛情とは違う。

優しくはしてくれている。けれどそれは彼がこのよこしまな感情を知らないから。

この気持ちを伝える気はない。今のままの関係を保ち、彼からの優しい想いを大切にしたほうがいいと思うけれど。

朝加はふと吸いよせられるように矢神に顔を近づけていった。

少しだけ。このくらいなら。

ふれるかふれないかでほおをくすぐったあと、しかし朝加ははっとして顔を離した。

「……っ」

寝ている相手にキスした自分に対し、罪悪感をおぼえたからだ。

もし途中で矢神が起きてしまったらどうするのか。自分の気持ちを知られたとき、十三年の間に二人が築いてきたものが崩れてしまう。この気持ちを知られないために余計なことをしないようにしなければ。

(いずれ崩れてしまうにしても……今はまだダメだ)

そう強く自身に言い聞かせ、朝加は矢神の肩に手をのばした。

「――着いたよ」

そっと揺り動かして矢神を眠りからひきもどす。うっすらとまぶたを開け、矢神が寝乱れた前髪をかきあげる。

「……時間か?」

「うん、早く行かないと」

車から出て、二人は金沢を流れる浅野川《あさのがわ》に沿って東茶屋街《ひがしちややがい》へとむかった。

小京都《しょうきょうと》と呼ばれる金沢には、今も格式高い茶屋街が残る。

凜《りん》と冴えた冬の夜空のもと、古めかしい街灯が美しい格子戸の茶屋街を幻想的に照らしだしていた。

淡く灯《とも》った街灯が黒々とした浅野川の水面にぼんやりとにじんでいる。沫雪《あわゆき》をまとった石畳は赤い椿が散り落ち、文政年間《ぶんせいねんかん》から続く茶屋街に風情をそえていた。

「この花……おぼえてる？」

地面に手をのばし、朝加はあざやかな花を拾った。

やわらかな花の感触と雪に濡れたしずくが指の皮膚に染みとおっていく。

ふっと出会った季節を思いだし、胸が熱くなった。

たえまなく降りしきる雪の冷たさを溶かしてくれた矢神のぬくもり――。

そのときの記憶がすーっと肌の奥からよみがえりかけ、朝加はとっさにそれをはらうように口をひらいた。

「なつかしいね。あれから十三年だなんて、信じられないよ。ぼくも晃ちゃんもずいぶん変わって……」

明るく笑い、肉厚の花びらをそっと指先で撫でる。なにか言いたげに横目で朝加を見たあと、矢神はうっすらと積もった雪を靴の先で散らした。

「…そうだな、俺に縁談があるくらいだし」

苦笑する矢神を正視することができず、朝加は視線をずらした。

「来年の今ごろ、晃ちゃん、父親になっているかもしれないね」

「バカ。見合いは選挙のあとだろ」

こつんと矢神が後頭部をたたいてくる。

「けど……晃ちゃん、手が早そうだし」

「官房長官に殺される。大事な娘にそう簡単に手を出せるかって」

肩をすくめ、矢神が苦笑する。

「そのときは代わりに謝りに行ってあげる。泣きの演技、得意だし」

冗談めかして言う。何で自分で自分の地雷を踏んでるんだろうと思いながら。

「いやらしいこと、要求されるからやめろ。あのオヤジ、おまえのことをやけに気に入ってて、好みだから紹介して欲しいなんて言ってきて」

「じゃあ、晃ちゃんが不始末をしでかしたら、ぼくが謝りに行くよ。必要ならいつ送りこんでくれてもいいから」

ふざけた態度で言ったが本心だった。官房長官と寝ることなんて大したことではない。いっそ美女に生まれていたら、もっと己を利用できたのにと思うほどだ。

するとと矢神は舌打ちし、朝加の腕をぐいと引っぱった。

いる。


「冗談でも口にすんな」

ひずんだ低い声に自分がとてもバカなことを口にした気がして恥ずかしくなった。慇懃無礼《いんぎんぶれい》で人当たりの悪いところもあるが、矢神は基本的にまじめで一本気な性格をしている。

「嘘に決まってるじゃないか。昔じゃあるまいし、もう今はそんなことしないよ」

ごまかすような笑顔で矢神の手をふりほどき、朝加はふと視線を落とした。

「そうだ、ダイスケがいつまでもおまえを守ってくれるともかぎらないんだ。自分の身は自分で守れるようにしろよ」

ダイスケ。そうだった。今なら、わかる。矢神は朝加を守るためにダイスケをあずけてくれたのだ。

冬の海、物置小屋、それから彼の家を出て行こうとしたとき。いつもいつもダイスケが矢神を呼んでくれ、朝加を助けてくれた。

二年半前のあの事件のときもそうだ。ダイスケのおかげでレイプされなくて済んだ。

そのダイスケも、年をとってすっかり弱っている。腫瘍《しゅよう》があるかもしれないので、検査をしたほうがいい。もし悪性だったら、残された時間はそう長くないと獣医から言われたが、彼がこの世からいなくなってしまったら——と考えただけで、胸が痛くてどうしようもなくなるので、あまり考えないようにしている。

（それとも……これが運命なんだろうか。ぼくは……来年の選挙のときには、晃ちゃんのところから離れる）

ダイスケをきっちりと看取《みと》ってそれから矢神のもとを離れろ、という神さまの指示なのかもしれない。そんなふうに思った。

「どうした、朝加、ぼんやりして」

「あ、ううん、あの……選挙が終わって晃ちゃんが婚約するとき、ぼく、秘書をやめるけどそれでいいかな」

「……やめたいか？」

「最初に、若女将にそう言われたから。晃ちゃんが結婚するときまでって。奥さんになる人にひき継ぎしたらぼくの仕事はなくなるから」

「いいのか？　政策秘書になりたくないのか」

「そんなの無理だよ。ぼく、高校も出てないのに。まずそこから始めないといけないんだよ。母親は犯罪者だし、勉強なんて好きじゃないし、国家試験受けるのいやだから」

もし可能なら、本当はちゃんと昔の大検にあたる高等学校卒業程度認定試験——通称高認を受けて、政策秘書になる国家試験も受けたいという気持ちはあるけれど。

「せっかく法や条例もおぼえたし、党や後援会にも評判もいいのに。続けたいならおまえの給料くらい」

「いいよ、もともと学歴もないし政治に興味ないし。秘書なんてしなくても晃ちゃんに意見することくらいできるよ」

「なら、深入りするな」

「え……っ」

「もう事務所にはこなくていい。俺の送迎もいらない。新年会は手伝ってもらうけど、あとはゆっくり遊んでろ。この二年半、突っ走ってただろ。たまには休養が必要だ」

それは秘書の仕事をやめろということ?

「晃ちゃん……何で」

足を止め、朝加は目をみはった。二年半前のことを知られた? それとも……。

「……ぼくが邪魔になった?」

恐る恐る訊いた朝加に、矢神は突然なにを言いだすのかといった様子で苦笑した。

「まさか」

「誰かになにか言われた?」

自分の生い立ちが不利益になるから? 母のことは警察沙汰《ざた》になっていないが、あんな女の息子をそばに置いていいのかと、まわりから忠告をうけているのは知っている。

「……いや」

唇に淡い笑みを刻み、矢神は小さくかぶりをふった。

「じゃあどうして。一生懸命働くから。何だってする。少しでも役に立つようにがんばる。選挙までは晃ちゃんのこと守らせて欲しい。お願い」

矢神の腕をつかみ、朝加はすがるように見あげた。矢神が困ったような顔で重いためいきをつく。そして。

「だから、だ」

「え……だから……?」

朝加は大きく目をみはった。

「おまえが給料分しか働かない秘書ならいい。でも違うだろ。俺のためなら危険なところにも平気で飛びこむだろ」

「晃ちゃ……」

まさか、あのことがばれたのだろうか。裏切って、金をもらっていることに。

一瞬、びくっとして顔がひきつりそうになった。けれどそのことではなかった。

「昔のおまえはもっと無邪気だったのに。この前の選挙のあと、俺が政治家になったころから仕事のことしか頭になくなったみたいで。選挙のためにがんばってくれてるのはありがたいが、もうそういう余裕のないおまえを見るのがいやなんだ」

違った、あのことではなかった。気づかれていない。よかった。

「おまえががんばればがんばるほど、大事な弟に無理させているようで惨めだ」

朝加は唇を嚙みしめた。

大事な弟――というのは矢神の口ぐせだ。

子供のころはそう呼ばれると心が浮き立ったのに、その言葉が小さな棘《とげ》となって胸に突き刺さるようになったのは一体いつごろからだろうか。

うれしい。けれどつれない。それ以上、求めてはいけないとわかっているだけに。

「バカだな。気にしなくてもいいのに」

相反する感情を瞬時に葬り去ろうと、朝加は早口で矢神を責めた。

「ぼくは給料分しか働いてないよ。晃ちゃん、他人の心配する前に自分を心配したほうがいいんじゃないかな。企業系の有権者からまったく人気ないんだし、能登半島の開発のことで党内でも対立している人がいるんじゃなかったっけ」

突き放すように言うと、矢神は肩で息を吐いた。

「わかった、好きにしろ」

「ごめん、怒った?」

朝加は首をかしげてその顔を見あげた。

「べつに……」

コートのポケットに手を突っこみ、矢神が足早に進んでいく。

やがて二人は料亭にたどりついた。

石灯籠に照らされた門をくぐろうとした矢神の腕をつかみ、小声で耳打ちする。

「おいしい話をもちかけられてもごまかすんだよ。但し愛想よく笑って。仏頂面はダメだよ」

「……うざい、耳タコ」

首をめぐらし、矢神は親指で朝加の耳たぶを引っぱった。

「あと、お酒はほどほどに」

「それも」

矢神が首をすくめて笑う。

「わかった。じゃあ、今のうちに駅前に行ってくる。今夜は市内のホテルで輪島塗《ぬり》工芸会のパーティがあるからあいさつしておくよ。なにかあったら携帯に連絡して」

そう言って踵《きびす》をかえした朝加を、矢神が呼び止める。

「——朝加」

ふりむいた朝加のほおに、すっと矢神の手がのびてくる。

「……っ」

朝加は浅く息を詰めた。長めの前髪を指に絡め、慈しむようにほおを包む手のひらのぬくもりに鼓動が高鳴りそうになる。

「……熱がある」

矢神の声にわれにかえり、朝加はその手からのがれるようにあとずさった。

「ほおがいつもと違う赤さだ。車にもどってろ。工芸会には電話しておくから」

「ない、熱なんて」

「いいって。晃ちゃんに迷惑かけたくないし」

「朝加！」

　矢神の声が鼓膜に響き、朝加はびくりと首を縮ませた。そんな朝加の両肩に手をかけ、矢神はさとすように言った。

「無理するな、風邪ひいてるくせに。おまえのそういう姿を見てもうれしくないんだ」

「晃ちゃん……」

　石灯籠の明かりに照らされた切れ長の双眸《そうぼう》は、限りない優しさをたたえていた。そのまなざしを見ているだけで、胸の奥でくすぶっている愛しさがどっとこみあがりそうになって息苦しい。大好きだよ……という言葉が喉の手前まで衝きあがってきたが、息を止めて呑み干し、わざと突きはなすような口調で告げた。

「心配してくれてありがとう。でも……」

「だめだ！　車にもどってろ」

　有無を言わさない口調で矢神がさえぎる。わかったな……と念押しするように朝加の肩をたたき、矢神はネクタイを整えて背をむけた。

　朝加は目を細め、その背を見つめた。

矢神が代議士になって二年と半年。その間に、もう幾度、こうして彼の背を見送ったことだろう。空港の搭乗ゲートの奥に消えていく姿。講演会の壇上にむかう姿。街頭演説の姿。政治家としての顔を大勢の人間にむけている彼の、その後ろ姿を知る者はほとんどいない。だから彼を見送るときはその背を独占しているような、自分勝手な喜びに満たされる。

（晃ちゃん……）

聞こえるはずがないのに、ふいに矢神はかすかに首をめぐらして「ゆっくり休んでろ」と、声にはださずに唇だけを動かして料亭へ入っていった。

長身のうしろ姿が格子戸のむこうに消えても、朝加はまぶたの裏に焼きついた俤《おもかげ》を追うようにしばらく立ち続けた。

あとどのくらい彼を見送ることができるのだろうか。

選挙が終わったら、官房長官の令嬢に仕事を引き継ぎ、自分は彼のそばから離れる。

数カ月後にはもうこんなふうに見送ることはできなくなっているのだ。

胸によぎった哀しい予感を避けるように料亭に背をむけ、朝加は川べりの道を歩いた。

石畳に透けるように、眸にはこれまで見送り続けた矢神の背中がよみがえり、まなじりの奥から熱いものがこみあげてくる。

（晃ちゃん……）

立ち止まり、朝加は目をこらして石畳を見下ろした。

矢神の残像をひとかけらも漏らさないように記憶に染みこませて、代わりにいつか見納めなければならないその日を胸の奥でしっかりと覚悟する。

記憶に残る彼のうしろ姿は、なぜかいつも孤独そうだった。

加賀百万石時代から続く顔見知りばかりの閉鎖《へいさ》社会で、名士の一人息子、将来の代議士候補という目で見られ育った矢神。

大阪で生まれ育ち、十二歳のときに奥能登に流れてきた朝加は、そうしたしがらみとは無縁の人間だ。ために矢神は気兼ねなくつきあえる相手として、よそ者の自分との時間を好んだのだろう。

弟みたいな——という言葉の陰には、誰か一人でもいいから心を許せる相手が欲しいという彼の淋しさがひそんでいる。ダイスケをかわいがっているのもそうだ。何の遠慮もなく無償の愛をそそげる相手として、癒《いや》しになる存在をもとめているのだろう。

朝加は浅野川の欄干《らんかん》にひじをつき、夜空を見あげた。

すると、胸にしまった携帯が振動した。

着信を見れば、矢神の選挙事務長の三木原からの電話だった。三木原は眼鏡をかけた三十代半ばの、実直で知的な雰囲気の秘書だった。

「はい」

電話に出ると、三木原は言いにくそうに口をひらいた。

『朝加くん、例の件だけど』

その言葉に朝加は小さくほほえんだ。

「例の件?」

声をひそめ、しかし朝加は期待するような口調で訊いてみた。

『きみ……本当に矢神議員を裏切ってもいいと思っているんだね?』

朝加はさらに口もとの笑みを深くした。

内部にいる裏切り者を焙《あぶ》りだすため仕掛けておいた罠。ずっと矢神を裏切る振りをしてきた。この男もなにか企《たくら》んでいたのか。

国会議員には子飼いの秘書を信頼してはいけないという暗黙のルールがある。野心家の秘書にいつ寝首をかかれるかわからない…と言われているから。

「ええ。今より高い地位が約束されるなら」

朝加は声をひそめて言った。

三木原は矢神の伯父が代議士だったころからずっと仕えている腕利きの秘書だ。そのときに、彼は微細な不正に手を染めていたという噂《うわさ》がある。しかし矢神はそのことを知らない。

次の選挙の邪魔にならないようにと、年末、朝加は三木原にさりげなく自分の野心を話してみた。今のようなバイト扱いの私設秘書ではなく、社会的に保障のある公設秘書になりたいと言ってみたのだ。矢神のもとから離れてほかの議員の公設秘書でもいい……という、まわりがそう気に止めない程度の軽口で。

彼に悪心があれば話に乗ってくるだろうと思っていたが、案の定、それ以来、少しずつ政治の話をするようになり、今の矢神の態度に不満を漏らすようになったのだ。

今の矢神の政治姿勢についてどう思うかと訊かれ、朝加はいっそう彼への疑念を深めた。

(三木原さん……やはり何かある……彼の背後に)

そんな疑問をいだき、朝加はさりげなく今の矢神の政策への不満や、対立している相手や野党への期待を口にしておいたが。

『朝加くん、それでぜひきみに会いたいと言っている議員の先生がいるんだが』

「そうですか」

それは前回の選挙で矢神に勝った野党関係者だろうか。

『新年会のあと、矢神は二次会に行く。恐らく一晩中宴会で盛りあがるだろう。その間に二時間ほど時間がとれないか?』

「新年会のあと……ですか」

朝加は眉をひそめた。

『ああ。加賀苑に宿泊する議員がきみの話を聞きたいとおっしゃっていて』

その夜、加賀苑に宿泊する議員といえば、新年会に招待している与党の幹部数人。その中にも矢神を快く思っていない議員がいるのだろうか。

三木原が二年半前の事件とつながっていたら……と期待していたが、野党議員とつながっているのではないらしい。

「ぜひおうかがいします。それで一体どなたが」

朝加は試すつもりでさぐるように訊いてみた。低い声が水面に反響する。

『会えばわかるよ。きみにとって悪い話じゃないから』

「わかりました。ありがとうございます」

携帯を切り、朝加は欄干にもたれかかった。

三木原はキャリアも長く、秘書としての実績もつんでいる。

世襲の矢神に仕えることを不満とし、野心をいだいてもおかしくはないと思っていたが、その黒幕に同じ党内の議員がいたとは……。

一体、誰だろう。

官房長官の娘との縁談をよく思わない人間がいるとは思っていたが、はたしてその人物をさぐり、選挙までに矢神を守ることが自分にできるだろうか。

朝加の胸には暗雲が広がっていく。

そんな憂鬱《ゆううつ》な気持ちとは対照的に、澄んだ冬の夜空では白い月が煌々《こうこう》と輝いている。

朝加は欄干から腕をのばしてそっと手のひらをひらいた。

ふわりと赤い椿の花が風に乗る。ゆるやかに落ちていった椿が闇ににじんで消えていくさまを見届けたあと、朝加は橋に背をむけた。

その翌週、矢神が東京の党本部に行っているとき、ふいに毛利官房長官の娘の美帆《みほ》が事務所にやってきた。

毛利から頼まれた書類を届けにきたらしいのだが、選挙後、矢神と見合いすることが決まっているので、こちらの事務所の様子を見学したかったというのもあるのだろう。

すらりとした長身、凛《りん》とした目鼻立ち。ぱっと人目をひくような華やかで、いかにも仕事ができそうといった雰囲気の女性だった。

「こちらの事務所、本当にずいぶん細かくスケジュールの管理をしているようね」

パソコンの画面を朝加の背後からのぞきこみ、感心したように美帆が呟く。

「いずれは、こういうことも私がお手伝いすることになるのね」

「はい。縁談がまとまったら、奥さまになる方に彼のスケジュール管理をおまかせしようと思っています」

「これくらいなら、私、簡単にできるわよ。物足りないくらい」

もう結婚が決まったかのような口ぶりだった。それとも朝加の知らないところで、彼の縁談話はもうそこまで進んでいるのだろうか。

「綺麗な人ですね。頭もよさそうでしゃきしゃきして。あれなら矢神議員も安心して東京で活躍できますね」

ほかの事務員たちの言葉に、朝加も満足した。

当然だ。この華やかな美貌。東京の最高学府出身という知性、なにより父親の仕事を手伝っていた経歴。そして彼女自身が矢神を気にいっているということに。

こんな理想の相手が見つかって本当によかった。

「ところで今日は朝加くんにも会いたかったのよね。うちの父があなたのこと気に入っているんだけど」

「え……」

「家で父がよく名前を口にするの。容姿端麗で頭もいいし、学歴がないから、高認をうけて大学に行ったらいいのにって。いずれ議員に立候補するならバックアップしたいと言ってるくらいよ」

「あ……あの、なにかのお間違いでは。官房長官に気に入られるようなことはなにもしていませんが。ぼくは学歴もありませんし、政治家に興味はありませんので」

「あなた、自分のこと、なにも知らないのね。朝加くん、党本部では秘書として優秀だって評判なのよ。もしその気なら、父のもとで政治家になる勉強をしてみない？　父は政治家希望の若い子たちの面倒をみたがっているの。私もあなたみたいな若くて優秀な人材が増えることには大賛成よ」

美帆のその言葉は、あっという間に事務所のスタッフに広がってしまった。

どれだけ否定しても、朝加が政治家を目指している、議員になりたがっているといううわさになり、週末、矢神が地元にもどってきたときには、とうに彼の耳に入っていた。

「おまえ、政治家になりたかったんだ、だったらひと言相談してくれたら」

「何でぼくが政治家なんかに。その気があるなら毛利官房長官がバックアップしてくれるって、美帆さんが言ったことが、いつのまにか大げさに膨《ふく》れあがってただけで」

どうしてそんなうわさになってしまうのだろうと朝加は不安になった。

あのとき、事務所には数人のスタッフと後援会のメンバーがいた。そのうちの誰かがふたりの会話を聞いていたにしろ、『政治家に興味はない』と朝加がきっぱりと言ったこともわかっているだろうに。

(もしかして誰かの罠だろうか。ぼくが政治家志望だとしたら晃ちゃんが警戒すると思って?)

わからない。どうなっているのか。事務所で矢神が後援会の会長の話を聞いている間、朝加はここにいる誰がそんな大げさなうわさにしてしまったのだろうと、ひとりひとりの顔を見ながらたしかめようとした。しかしそのとき携帯電話が振動した。

（これは……）

落合だった。着信を見たとたん、自然と顔が曇るのを感じた。そっと応接室から出て、廊下のすみへとむかう。

解散総選挙の具体的な話が広まるにつれ、このごろ、落合からの電話の回数が増えている。

「――困ります、週末はかけてこないで欲しいと言いませんでしたか」

『毛利のところで議員になるってのは本当なのか知りたいと思って』

そのうわさが落合のところまでいっているなんて。

「そんなわけないでしょう。ぼくは議員になる気なんて全然ありませんから」

だいいち、いつ逮捕されるかわからないのに。

『信頼できないんだよ、おまえ。最後にこっちを裏切るんじゃねえかって。だからちょっとは誠意を見せてくれないか』

「……誠意？」

『新年会の参加名簿。その前に、そろそろ俺のものになるって約束を果たしてもいいんじゃないか。おまえのことが欲しくて仕方ねえんだよ。今からホテルに行こうか』

「無理です、今からホテルなんて。それにしても……どうしてぼくなんかにそこまで」

『おまえ、自分で知らねえかもしれないけど、このへんの政治関係者の間で、どれだけ評判がいいか。男好きのやつはおまえをものにしたがってるし、そうじゃなくても、おまえを子飼いにして、自分のとこで働かせたいって思ってるやつは多いぞ。現に毛利からも誘われただろう』

「……だったらどうなんですか」

『それならそれで、今、世話になっている先生を紹介してもいいと思ってさ』

「そういう話はまた今度。今、事務所ですし。それより本当に週末はやめてください。今のところあなたにメリットのあることとなんてなにもありませんから」

『わかった。わかった。じゃあ、新年会の名簿が完成したら連絡くれ。それから俺の愛人になるって約束も忘れるな。毛利からの誘いになんか乗るなよ』

落合との電話を切ったあと、ふいに罪悪感をおぼえた朝加は、あわてて休憩室に飛びこみ、体調が悪いので連れてきていたダイスケを抱きしめた。

すっかり弱っているのか、ダイスケはくぅんと鼻を鳴らしたあと、くったりと朝加の腕にもたれかかって動こうとしない。近いうち、検査のため、獣医に連れていく予定になっているが、悪性の腫瘍だったらどうしよう。

（それにしても……ほんまになにをやってるんや……ぼくは）

新年会に参加する議員の名簿。わたしたところで、矢神の選挙の妨げにはならないし、どのみち、参加者の口から、誰が参加していたのかはすぐに世間に知られてしまうのだから。

ただ落合は、こちらが裏切っている証拠が欲しいのだ。本気で矢神を裏切る気持ちがあるのかどうかを試している。そして朝加が信頼できるとわかったあと、矢神の選挙を妨害させようと考えているのだろう。

(早くそのときがきて欲しい。誰が黒幕なのか、はっきりとわかるときが)

でないと、相手を信頼させるためとはいえ、矢神をどんどん裏切っていることに耐えられそうにない。

こうしていると冷たく凍え切った部屋の空気が、心に流れこむ。日本海から吹きつける風が、窓枠をうるさいほど無造作にかき鳴らし、心の影をあおるようだ。

しばらくして不審に思ったのか、矢神が現れ、問いかけてきた。

「おまえ……恋人がいるのか?」

なかに入り、くいとあごを摑まれる。

「な……どうしてそんなこと」

「気まずそうな顔で、ホテルがどうの誘ってどうのと話していた」

「立ち聞きしてたんだ」

「する気はなかったけど、廊下に出たら話し声が聞こえてきたから」

そういうこともあると思って、気をつけて話していたつもりだったが。

「ぼくのプライベートなんて、べつに晃ちゃんに関係ないだろ」

「知りたい」

「何で」

「兄代わりとして、弟分の相手くらい知っておきたいから」

「議員秘書が変な遊びをしてたら困るって正直に言えばいいんだよ」

「慎重なおまえにかぎってそれはないだろうよ。おまえは俺よりもずっと完璧だから。いじっかしいほど」

「……じゃあ、言っておく。特定の人はいない。男の人からはよく誘われるけど」

「男からって、女からの誘いはないのか？　おまえ、男が好きなのか」

そんなこと、露骨に聞かないで欲しい。たしかに好きな相手は男だが。

「考えたことないよ。ただ男の人からの誘いが多いだけで」

「同性と恋愛なんてまっぴらじゃないのか」

「さあ、男でも女でも……ぼくはどっちでもいいけど」

「じゃあ、相手が俺でもいいわけだ？」

「……っ」

一瞬、変な顔をしてしまった。淡い期待をしてしまいそうな気がして。

「男でも女でもどっちでもいいなら、俺でも誰でもいい。そういうことにならないのか」

そういうことか。男でも女でも誰でもいい。そういう意味での『俺』――決して彼一人を指している『俺』ではない。

自分の心を隠したくて、わざと突っ張った態度で朝加は鼻先で嗤った。

「殴るよ」

「殴るって」

「ダイスケがこんなふうに弱ってるときに冗談でもバカなことを言わないで」

きっぱりと言い切る朝加を、矢神はじっと疑うような目で見つめた。気づかれるのがイヤで、本能的に朝加は彼を睨《にら》みつけていた。

そんな朝加から目をそらし、矢神は小さく息をついた。

「俺にはまったく興味はないんだな」

「……晃ちゃん」

「俺をそういう意味で見たことは？」

やばい。目の下がぴくりとふるえ、あわててこれまでにないほど強い態度でかえした。

「あ、あるわけないだろう、気持ち悪いこと、言わないで。子供のときに言っただろう、男なんてごめんだって」

気持ちを知られまいと必死になって刺々《とげとげ》しさをにじませた口調で言う。

すると矢神は傷ついたような顔をした。

一瞬、その顔にひどく腹が立った。そんな顔をされたり、自分に気があるのかと問いかけられたら、その気になってしまうではないか。

「ダメだよ、そんなふざけたことを言ってぼくをからかったりして。美帆さんや毛利官房長官に失礼じゃないか」

あんなに美しくて、あんなに賢くて。なにより美帆は朝加の仕事を引き継ぎ、彼のために働くことを望んでいる。最高の相手だ。

「じゃあ結婚に賛成なんだ」

「当然だよ。いい年した議員さんが独り者でいるよりは、しっかりしたお嫁さんがいたほうがいいし、ぼく、美帆さんは、格好良くて素敵だと思うよ」

「おまえみたいな?」

「なんでそこでぼくが出てくるの」

「美帆嬢が感心してたからさ。おまえは完璧だって。おまえがいれば、俺に妻がいなくてもいいんじゃないかってさ」

「そんなこと言われても困る。ぼくは、この仕事を奥さんになる人に引き継ぎたいのに」

「そんなに秘書の仕事がいやなのか?」

「いやじゃないけど、旅館の仕事のほうが気楽だから」

というのは嘘。いずれ自分は逮捕されるかもしれない。本当はずっと彼の秘書のままでいたかったけれど。でもこれでよかったのだろう。矢神への気持ちを自分から切ってしまうなんてむずかしいから。

「俺……朝加が秘書をやめるなら、議員なんてできねえよ」

「え……——今……何て」

「冗談だよ、冗談」

「……そう……冗談」

「めずらしいな、そんな冗談を真に受けるなんて」

さぐるように見る矢神の目がいつもと違った鋭さを孕《はら》んでいる気がして、朝加はとっさに視線をずらした。

「国会議員になって、晃ちゃん、人が悪くなったみたい」

「人が悪いのはおまえだろう。どうして俺の秘書を辞めたいんだ。毛利も美帆さんもおまえがいてくれたほうがたのもしいと言うのに」

そんなこと言われても困る。最初からやめるつもりで、彼を裏切ってきたのに。今さらそんなふうに言われても。

「でもおまえが続けたくないって言うなら、仕方ないな。わかったよ、もうやめてしまえよ、俺の秘書なんて」

4

北陸の天気は気まぐれで変わりやすい。

さっきまで晴れていたかと思うと、いつの間にか曇った空から雪が降るため、昼でも夜のように暗いときが多い。冬が深まるにつれ、雪の量が増え、窓から見える日本海の色は重い雲のせいで日ごとに色が変わって見える。

口論のあと、こともあろうに矢神は朝加に断りもなく一週間の病欠届をだして東京に行ってしまった。

『おまえは新年会までのんびりしていればいいから』

と電話があったせいで、朝加は事務所に行くことができず、その日は調子が悪そうなダイスケを動物病院に連れていった。

「少し弱っているね。風邪でもひいたかな」

「あの……腫瘍の件は……」

「良性か悪性かはやはり五分五分だね。このまま切除手術のためにうちに入院させるよ、いいかな。切った組織は検査に出すね」

「はい、どうかよろしくお願いします。ダイスケ、あとでくるから賢くしてるんだぞ」

真っ白なダイスケの手を両手ですりすりとしたあと、朝加は自転車を押してとぼとぼと海岸にむかって歩いた。

つい先日、選挙事務長の三木原と話をしたが、いまだ身内の黒幕の名を聞きだすことはできなかったのが残念でならない。週末に新年会があるので、そのときまでにもう少し調べたかったのだが、果たして黒幕は誰なのだろう。そんなことを考えながら、朝加は有権者の家に矢神のチラシをくばろうと、一軒一軒まわっていった。

「新年おめでとうございます」

笑顔で頭を下げて、新年のあいさつをする。そして雑談したあと、矢神の活動内容が書かれたパンフレットを置いていくのだ。戸別訪問ではなく、あいさつとして。

文句を言われることも多いし、いろいろとたのまれごとも多いけれど、こういう活動は好きだ。彼の役に立っている気がするから。

はたからみれば、ひとりよがりなやり方、ひとりよがりな喜びに見えるだろう。

それでも少しでも矢神の役にたっている気がしてうれしい。

もしかすると、自分は軽蔑《けいべつ》していた母と似ているのかもしれない。頭が悪く、ひとりよがりな、思いこみの激しい恋しかできないところが。

(でも、ぼくはあのひととは……違う)

矢神になにも望まない。愛を望んでしまったら心が餓えて満たされることはない。

そう思うのに、もうすぐ矢神にとって自分が必要ない存在になるのだと思うと、身体がぎしぎしと軋んで砕けそうな気がする。

いっそダイスケを看取ったあと、自分も逝ってしまおうか。

ふいに目が潤みそうになり、朝加は自転車を飛ばして海岸へとむかっていった。

矢神に助けてもらったあの海岸……。

浅雪をかき裂きながら打ちよせる荒波の振動を感じ、朝加はぼんやりと海を眺めた。

塩気の強い風に肌がひりつき、防波堤にうちよせる波に髪が乱れる。

十三年前、ここにきたときもこんなふうに海がうなりをあげていた……などと思いながら立っていると、うしろから声をかけてくる者がいた。

「またここにきてたのか。あれほど休めと言ったのに」

その声にふりむくと、紋付き袴の上に和装用の黒いコートを着た矢神が立っていた。

「晃ちゃん……」

切なくなった気持ちを押し隠し、朝加は突風に乱れる髪を押さえながらその姿を見た。

「ダイスケを病院に連れて行きたかったから。それにお正月のあとは……有権者のひとが家にいることが多いから」

「無理させたくないから病欠をだしておいたのに」

やれやれと呆れたように矢神が肩を落とす。

「でも少しでも動いてないともったいない気がして。勝手に病欠を出すなんてひどいよ」

「本当に選挙の鬼だな」

「晃ちゃんこそどうしたんだよ、金曜なのに昼間から」

「毛利の代理で新年会に出ないといけなくて、急に帰郷したんだ」

雪交じりの土を踏みしめながら歩みより、矢神が自転車を見て目を眇める。

「これ……まだ乗ってんだ、もうボロボロじゃないか」

あきれたように笑い、矢神が古い自転車をコンとこぶしでたたく。十三年前、矢神がくれた自転車だ。

「うん、まだ十分に乗れるよ。ただ塩っ気のある風が海から吹くから、あちこち錆《さ》びてしまったけど」

「いいかげん買い換えろ」

「これがいいんだよ。ぼくみたいに細っこいのがオンボロ自転車に乗って、一軒一軒、家庭訪問して、晃ちゃんのパンフレットを配る。そのほうが同情を引いてゆくゆくは票につながるだろ?」

「策士」

「策士は晃ちゃんゆずりかな?」

さらりとかえした朝加に、矢神が薄く笑う。

「そうか？　俺は他人の同情買うような真似《まね》はできないが」

「そうだった。晃ちゃんには無理だね。大学時代に晃ちゃんがマンションの浴槽《よくそう》を壊したとき、ぼくが代わりに大家さんに謝りに行って」

「旅館の客と喧嘩になりそうになったときもおまえが仲裁《ちゆうさい》に入ってくれたし、党の幹部ともめたときも、後援者から態度がでかくて生意気だと言われたときも」

そんなことまでおぼえていてくれていたのか。

「だけど、そろそろ自立しないとな、俺も。結婚したら家族をもつんだし、もうおまえにたよってばかりもいられないから」

結婚したら——だから自分と距離をおこうとしているのだろうか。

このところ、矢神が自分を必要以上に遠ざけている気がしたのは、どうやらまちがいではなかったのかもしれない。

もう本当に自分は彼に必要ないのだ。たしかに美帆と結婚すれば、自分がこうして小さな草の根運動をするよりも確実な票を得ることは可能だろう。

胸に痛みを感じながらも、朝加はつとめて明るい笑顔でかえした。

「そうだね。晃ちゃんもちょっとは大人にならないとね」

「そうだろ」

矢神は浜に視線をむけた。見れば、ふわふわとした波の花が汀《みぎわ》にうちあがっていた。

三木原の裏切りを伝えるべきか悩んでいた。

けれど黒幕がわからない状態で言うのは矢神によけいな心労を与えるだけだし、もう少ししてからのほうがいいだろうか。

そうだ、きちんと犯人を見つけて報告したほうが。

「朝加、おまえ、よくここにくるけど、海……好きなのか？」

「さあ。ただここでぼーっとしてると、何や知らんけど、ほっとするねん」

気持ちがゆるんでいたせいか、唇からはめずらしく大阪弁が出てきた。

「母親がなつかしいか？」

「べつに……」

「父親は？」

「どうでもいいよ」

矢神にたのめば、父親をさがせるかもしれない。北陸出身の議員だったということだけはわかっている。けれど今さら、父親と会ったところで何になるのだろう。

うつろな顔でそんなことを考えていると、矢神はなにか誤解したのか、ひどくすまなさそうに声をかけてきた。

「相談もしないで病欠届だしたから、怒ってるのか？」

一応、こちらの機嫌を気にしているらしい気づかいに、朝加は矢神がよくするようにわざと唇の先を尖《とが》らせて答えた。

「うん、怒ってる」

「金沢で『辻占《つじうら》』買ってきた。これで許してくれ」

矢神はふところから小さな花の形をしたピンク色の砂糖菓子をだし、朝加の手にぽんと押しこんだ。「辻占」は砂糖菓子のなかに占いの紙が入っている新年のお菓子である。

矢神の憎めないところだ。ちゃんと自分が悪いことをしたとわかっていて、朝加が喜ぶようなことをしてくれる。彼のこうした優しさが好きだ。

「昔はよく一緒に占ったたな」

菓子を割ってひらくと、小さな紙に『よきことあり』と書かれていた。朝加はふっとほほえみ、残りを食べた。

「どうだった?」

片眉をあげ、矢神が紙をのぞきこむ。朝加はとっさに手のひらでにぎりつぶした。

「あかん、内緒や。言うと、晃ちゃんにご利益盗られる」

朝加は矢神を見あげて笑い、手を背中にまわした。

「何だ、いいことが書いてあったんだ」

寒風に白い息を吐きながら矢神が微笑する。

「うん……おおきに」

吹きつける風は骨の芯まで凍らせそうなほど冷たい。それなのに、こんなふうに出会った場所で、矢神と二人、たたずんでいると、冬の寒さとはうらはらに心が淡くあたたかな光に満たされる。よりそっているだけで、なにもかも浄化されていく気がするのだ。

「寒くないか？」

「寒いほうが気持ちええやん。気がしっかりして」

衿《えり》を手で押さえ、朝加は白い息を吐いた。ふいにやるせなさそうに眉をよせ、矢神が低い声で訊いてくる。

「あいさつまわり、あとどのくらい残っている？」

「海沿いの地区にある工場ふたつ。もうチラシも少ないし、そんなにまわれへんかも」

「一緒にまわるか？」

朝加の肩に手をかけ、矢神は目を細めてほほえんだ。

「ええの？」

「俺が行ったほうがいいじゃないか」

「でも勝手にスケジュール変えて平気？」

「べつに」

「だけどあいさつまわりに行ったら、有権者に頭下げないとだめなんだよ。これからもどうぞよろしくって。政策のことで文句言われても怒っちゃいけないし、無理な要求にも笑顔で応対しなきゃいけないんだよ」

「わかってる。俺もそろそろおぼえなきゃいけないと思ってたんだ」

やはり矢神は、朝加がいなくなったときのことを考えて行動している。結婚にむけ、少しずつ遠ざけられているのがわかって胸が軋んできた。

もうきっと本当に自分は必要なくなるのだ。

ふいに泣きだしたくなった衝動を呑みこみ、朝加は自分の胸に言い聞かせた。

ぼくは二年半前の失態を挽回《ばんかい》できればそれでいいから……と。

そう、矢神を選挙区で勝たすことができたらそれだけで満足だ。それに彼がこうして積極的にあいさつまわりをしてくれるなら、これから先の彼を案じる必要もないんだし。

自転車を押して歩きだした矢神の袖《そで》を、朝加はとっさにつかんだ。

「待って……」

こんな時間を過ごすのもあと少しかもしれない。そんな実感が湧《わ》いたとたん、自分でも予期しなかった情動がこみあげ、朝加はすがりつくように言った。

「また自転車、乗せて」

「また？」

「子供のとき、よく一緒に乗ったじゃない。ぼくが晃ちゃんを迎えに行ったあと一緒に二人乗りして帰ってお茶漬け食べたり、夏は海まで行って屋台で焼きそば食べて、ああ、あと、冬は駅からそのまま自転車に乗って甘味屋さんに行ってぜんざい食べたり」

丹波《たんば》の小豆《あずき》を使った栗ぜんざい。ほんのりと焦げ目のついた小さなお餅《もち》が入っていて、さくさくとした大きな粒の小豆と、もちもちとしたお餅と、やわらかな栗の、絶妙な食感がたまらなくおいしいのだ。その上、身体もあたたまる。

「何だ、おまえ、食べ物の話ばかり」

「晃ちゃん、おまえは小さいからいっぱい食えって、いつもいつも」

「じゃあ、くるっと自転車でまわったあと、栗ぜんざい食べて、そのあとまた鮭のお茶漬けでも作るか？　最近、マイブームの生麩《なまふ》と百合根《ゆりね》も途中で仕入れて」

「生麩も？」

「あのもちもちっとした食感、最高じゃないか。オヤジくさいか？」

「うん、でもぼくも好きだし」

「じゃあ、二人乗りするぞ」

「うれしい、晃ちゃんが結婚したらもう二人乗りなんてできなくなるから」

笑顔で口にしたあと、ふいにほおをたたいた突風に朝加は我にかえり、あわてて言い直す。

「ごめん、だめだ、やっぱりやめよう。議員が自転車に二人乗りなんて」

「少しくらいいいじゃないか」

「だめ、やっぱ、よくない。晃ちゃん、国会議員なんだし」

笑って否定した朝加の手首をにぎり、矢神が目を細めてほほえむ。

「今日だけだ。多分、警察もいない。百メートルほどだけ」

すっと首からマフラーをはずし、矢神は朝加の首にかけて袴姿のまま自転車にまたがった。ふりむき、矢神がくいくいとあごで荷台を指し示す。

「乗れ。すぐに日が暮れるから」

大きな声でせかされ、朝加はそっと自転車の荷台に腰を下ろした。

そのまま背にしがみつくと、思った以上に矢神は大きな背中をしていた。抱きついていると何だかずいぶん自分が小さくなったような気がする。

「つかまってろ」

風に逆らって矢神が自転車をこいでいく。塩気を含んだ風の匂いを感じると、昔、こうして自転車に二人で乗っていたときに見た光景が脳裏によみがえってくる。

やわらかに海に沈んでいく夕陽の色や、道ばたを埋めつくしていた雪椿の赤い色。

「顔、冷たくない？」

うしろからぽつりと呟くと、低い声がかえってくる。

「平気。能登の男だし」

「首は？　寒ない？」

「べつに。今日はあたたかいくらいだ」

そうだ。本当に冬の寒さが厳しい日は、ここでは自転車に乗っていられない。唇ががたがたとふるえて話をすることもできない。

「……おまえは？」

「大丈夫だよ。晃ちゃんの背中、あったかいから」

「……そうか」

昔もこんなふうにたがいを気づかって自転車に乗ったものだ。自転車に乗っているときだけ、こうしてぴったりと身体を密着させられるのが嬉しかった。もちろん今も。さっきの占いの「よきこと」はこのことだろうか。

そうして坂道をくだりながら、矢神はふと思いだしたように言う。

「俺、おまえが選挙たのむ姿、好きだよ」

「何で？」

「……内緒」

「変な国会議員……」

二人で共有する静謐な時間の愛しさ。かなわない想いにいつも胸がぎしぎしと軋んでいるというのに、こうしていると、たがいの心がすんなりと通いあっているように感じられて身体のすみずみまでゆるやかに満たされていく。

「……ぼくのこと、好き？」

矢神の背にほおをあてたまま、独りごとのように呟く。なにを尋ねているか深く考えもせず、ただ何となく。

「えっ？」

しかし訊きかえされ、つられたように言い直す。

「ぼくのこと、弟として……ううん、何でもない」

好き――？　という言葉をすんでのところで呑みこんだ朝加に、しかし矢神は意味を悟ったのか、ゆっくりとよく通る声で答えた。

「好きだ」

頭上で静かに響いたその声。独りごとのようなかすかな呟きに、胸が高鳴る。

「本当に？」

「朝加が好きだよ」

弟として――という言葉があとに続くことを知りながらも、その声の余韻をあまさず鼓膜に焼きつけようと、朝加は何度も何度も耳の奥に響かせた。すると。

「……おまえは？」

自転車を止め、矢神が首をめぐらす。それを上目づかいで見あげ、ついと顔をそむける。

「嫌いだよ」

「何で？」

矢神が朝加のほおを軽くひねる。

「……性格悪いし、バカだから」

投げやりに言うと、矢神はわざとらしいほど大きく眉をあげ、そのまま朝加のほおをひっぱった。

「この野郎、本当のことを言うな。どうせ俺はダラや」

ダラとは、このあたりの言葉でバカという意味をさす。

肩をすくめて笑ってみせ、矢神はふたたび背をむけて自転車をこぎはじめた。

——好きだよ。

そう言った矢神の声が耳の奥で響き、その優しい想いに胸が甘く疼きそうになる。

かわいい。愛しい。冬の海で命を救ってくれたときから、矢神はうれしい言葉をおしげもなく与えてくれている。その喜び。その幸せ。

「晃ちゃん……」

朝加は矢神の背をぎゅっと強く抱きしめた。

幸せだった。死んでしまった弟の身代わりでも。これが自分の幸せ。

その背に顔をすりよせ、心の中で伝えることのない想いを告げる。

嘘ついてごめん。ほんまは晃ちゃんが大好き。

ダラはぼくのほうや。でもダラなりに、精一杯、晃ちゃんのために働くから。だからあん

まり遠ざけんといて。選挙までではえから、そばで働かせて。

ひとしきりそんな言葉を唱えるうちに、木立のむこうに海沿いにある工場が見えてきた。

最後のカーブを曲がる瞬間、海にむかってそっと手をのばす。

ひらいた手のひらから「よきことあり」と書かれた小さな紙片を荒波の中に捨てようとして、ふわりと舞いあがったそれをあわてて手のひらにもどす。

捨てようとして捨てきれない自分の想いを握りしめるかのように。


日曜、後援会の主なメンバーを集めて加賀苑の大広間で新年会が行われた。

大勢の後援者が能登半島一帯から訪れ、ホテルでの結婚披露宴さながらの宴がもよおされるのだ。

ホールの壇上、金屏風《きんびょうぶ》の前に立って新年の決意を述べる矢神を始め、こうした行事の席ではすべてのスタッフが黒い紋付き姿で対応する。

今年の春に解散総選挙がある——といううわさが流れているため、後援会へのあいさつもふだんよりもていねいに、うやうやしく矢神のことをお願いしなければならない。

広間は金と赤の蒔絵《まきえ》が描かれた漆《うるし》塗りの柱が立ち、食前の花梨《かりん》酒がくばられているところだった。

出席者はざっと見ただけでも千人を越えている。

大段幕と金屏風のかけられた壇上で能登名物の獅子舞《ししまい》や仕舞《しまい》、勇壮な祭太鼓などが披露《ひろう》されたあと、新年会が始まった。

「それでは矢神議員から、新年のあいさつと抱負を話していただきましょう」

司会に呼ばれ、紋付き姿の矢神が壇上にあがってマイクの前へ進む。

黒い和服を身につけたひときわ長身の凛々しくも端麗な姿は、議員というよりは古い日本画からぬけでた若武者のような風情だ。少しずつ態度を改善すると宣言した通り、以前なら少し不遜そうに見えた態度がやわらぎ、有権者に親しみやすい雰囲気を感じさせるようになった。

「これからは資源の確保や環境保全を重視し、地域間のネットワークを強化することでむだな公共事業を廃止し、みなさまの生活に密着した開発を心がけていきます」

有権者の望むことを口にしながらも媚びる様子はまるでない。けれど威風堂々と演説する矢神は神々しく感じられる。

壁際に立ち、その様子をしみじみと見ていると、ふだんは東京の事務所にいる政策秘書が声をかけてきた。

「今年はずいぶん盛大だね。昨年よりも参加者が増えているようだ。確実に矢神議員の支持者が増えているようでうれしいよ」

ええ、と朝加はうなずいた。

「ここだけの話、次の選挙で、選挙区での当選をはたせば、矢神議員は幹事長室に入ることになるよ」

耳打ちしてきた政策秘書の言葉に朝加は大きく目を見ひらいた。

幹事長室に入るということは、党の副幹事長に任じられるということを意味する。矢神の若さや経験の浅さで与党の副幹事長など信じられないことだが。

「それ、精鋭の集団ですよね。本当に？」

朝加は半信半疑でたずねた。すると政策秘書が誇らしげに答える。

「ああ、あれほどの議員はほかにいないと評判なんだから。頭が切れるだけでなく、人柄もすばらしくて」

「でも北陸の支持者には、傲慢だの生意気だのと言われているんですけど」

「矢神議員もひとが悪いよね。地元では、新人の間は汚職や無駄な口利きにまきこまれやすいからわざと傲岸《ごうがん》にふるまって火の粉を払いのけていると聞いて、党の執行部もなかなかずるい男だと将来に期待しているよ」

「えっ」

「だから毛利先生も彼に縁談をもってきたんだ」

「……そうですか」

ごまかすように微笑したものの、朝加は知らず顔がこわばるのを感じた。

火の粉を払いのけるため。では矢神が地元で企業家たちに不遜な態度をとってきたのは、すべては彼の狂言だったのか――？

（いや……だけど）

ふいに朝加は己の愚かさを認識した。

冷静に考えれば、彼が優秀な政治家だということはすぐにわかったのに。

彼は歳費以外の収入はないし、地方での講演も交通費以外はうけとらないようにしているし、災害の被災地には誰より早く足を運んでいる。

彼が自分のことを「先生」とか「オヤジ」と呼ばせないのも、権威にあおられて裸の王様になるのを避けるため。

なにより高校時代から将来を見越して、朝加に苦言を吐くように求め、井《い》の中《なか》の蛙《かわず》にならないよう計算してきたような男だ。

矢神は企業家が嫌いだから、育ちがいいから自分から他人に頭を下げられないから……と思っていたのが己の勘違いだったとは。

（彼のなにを見ていたのか、ぼくは）

すべてを都合よく考えていた自身の視野《しや》狭窄《きようさく》を恥じながらも、朝加は首を左右にふって内心で納得する。いや、今さらそんなことはどうでもいいではないか……と。

矢神が将来を嘱望《しょくぼう》されているだけでなく、人柄さえも信頼されている議員なら、案じることなく彼のもとから離れられる。だからそれでいいではないか。

新年会が終わるまで朝加は胸のなかでずっと自分に言い聞かせた。


新年会が終わったあと、旅館の玄関に立って、朝加は車に乗りこむ後援者にあいさつをしていった。

やがて矢神が市会や県会議員をつれてラウンジへと消えても、スタッフの仕事は終わらない。急いで受付を片づけたあと、朝加は選挙事務長の三木原とともに旅館の奥にある貴賓室へとむかった。

道すがら、三木原が小声でたずねてくる。

「朝加くん、本当に矢神議員を裏切る覚悟なんだね」

「ええ。三木原さんは、最初から矢神を快く思っていなかったんですか？」

さぐるように顔をあげて横顔を見ると、三木原は眼鏡の奥の目を細めて嗤った。

「どうしてそんなことを訊く」

「何となく……他意はありません」

ここでの会話はすべて朝加の鞄のなかのレコーダーに録音されているのだ。

明日、録音したものを、矢神の政策秘書にわたして今後の相談をしようと思っている。

誰かに聞かれた場合、自分も三木原の仲間として疑われてしまう可能性があるが、そんなことはかまっていられない。何としても三木原の口からはっきりとした矢神への裏切りを引き出さなければ。

「それならきみはどうして彼を裏切るんだ?」

「以前に言ったじゃないですか。矢神議員が結婚したらぼくは仕事を失う。最近はぼくの動きを察して避けられているみたいですし」

「そのようだね。きみを欠勤にして。無給なのか?」

「はい、ひどい話です。ですからぼくも身を守るために動くことにしたんです。あなたと手を結ぶのもおたがいの利益が一致したからで、情や恩、これまでのつきあいは一切関係ありませんので」

きっぱりと言い切った朝加にホッとしたのか、三木原は安堵《あんど》した声で言った。

「わかった。私も同じ気持ちだよ。より条件のいいところに鞍替《くらが》えするのが人間だ。今から訪ねる先生は、私を矢神の後継者に推薦してくれているんだ」

「そう……ですか」

「先生は以前からきみを気に入っていてね。きみさえその気になってくれたら悪いようにはしないとおっしゃっているんだよ」

「その気というのは？」

小首をかしげた朝加を見下ろし、三木原は意味深な笑みをうかべた。

「秘書としての働きにも期待していらっしゃるが……先生はきみの誠意の証明として一夜をともにして欲しいと言っているんだよ」

一夜……つまり身体の関係を要求しているということか。

「それは……先生にお会いしてからでないと何とも言えませんが」

べつにそのくらいたいしたことはない。矢神を守るためなら命をかけても惜《お》しくないと覚悟しているのだから。

そんなことよりも、うまく探りだせるだろうかという不安のほうが強かった。ちゃんと黒幕の正体を突き止め、なおかつ、矢神への悪意、不正の証拠をつかむなんてことができるのだろうか。

緊張しながら、朝加は三木原とともに貴賓室に入っていった。

部屋の中は薄暗い。壁についた小さな明かりだけが灯った二間続きの部屋。奥の座卓の前に何者かが座っている。そこにいるのは誰だろうと目を凝らした次の瞬間、背中をどんと突き飛ばされ、はっとするまもなく畳に投げだされた。

「……っ」

いたのは、国土交通大臣の鳩川だった。彼は矢神に縁談をもってきた幹部の三人のうちの一人だった。

たしか不正疑惑があると言って断ったほうの……。

和服を着た五十前後の彫りの深い大柄な男性が立ちあがって朝加を見下ろす。

「大臣……あの……いったい」

すると三木原が後ろから朝加の肩をつかみ、喉を鳴らして嗤う。

「きみを信頼していると思ったのか？」

ドスの利いた声に朝加の背が慄然《りつぜん》と震える。

ぼくは甘かったのか？　だましているつもりがだまされていたのか？

「どういうことでしょうか」

鼓動が早打ちしそうになるのをこらえ、朝加は小声で尋ねた。

「きみが二年前のことをこそこそと調べているのを知らないとでも思っていたのか」

「では……二年前半からあなたは」

あの事件は野党が黒幕ではなく、矢神の出馬を快く思っていなかった内部の陰謀だったのか。三木原は最初からずっと矢神のそばで裏切り続けていたのだ。

しかしどうして鳩川が。

彼も矢神に娘と結婚しないかと話をもちかけていたのに。蒼白になっている朝加の前に近づき、鳩川が苦笑を見せる。

「実は、最近の矢神くんの動きに困っていてね。次回の選挙では何としても落選してもらわないと私が窮地に追いやられてしまうんだ」

「でも先生はたしか矢神に縁談を……」

「縁談を餌に味方につけようとしたが、断られてしまった。きみは矢神から私をさぐるようにたのまれていたんだろう？　落合くんを通して」

「いいえ、ぼくは矢神議員からはなにも……」

自分は矢神からなにもたのまれていない。ただ、落合のむこうにいる黒幕が誰なのかをさぐっていただけで。

「知らないわけあるまい。私と矢神の家とは彼の伯父が代議士だったころから敵対し、矢神は伯父から託された昔の資料をもとに私の不正疑惑を暴こうとしているんだ」

鳩川が目を細め、朝加の顔をのぞきこむ。

そういうことだったのか。三木原は選挙の前……まだ矢神の伯父の事務所にいたころから鳩川と組み、不正行為に手を出していた。野党議員とも、落合とも絡んで。

そしてそれを矢神の伯父が暴こうとしていたが、途中で亡くなってしまった。

（その後、事務所で働いていた三木原に地盤を継がせて出馬させ、不正の証拠を消すつもりでいたのに、矢神が地盤を継ぐことになって……）

そういえば、あのころ、鳩川も世襲議員の出馬には反対だと言っていた記憶がある。

まるでマスコミや世間の流れに乗っかって言っているのかと思っていたが、そこには矢神を出馬させたくないという思惑があったのか。

(そして……ヤクザとつながっている落合を利用して)

二年半前の事件。ようやくその真相がわかった。

硬直している朝加をいちべつし、三木原は鳩川に耳打ちした。

「どうやら矢神とは無関係のようですね。矢神が彼を遠ざけていたのは、純粋に彼を疑ってのことかもしれません」

「わかった。……少し二人きりにしてくれないか」

大臣に言われ、三木原が部屋を出ていく。

扉が閉まるのを確認し、朝加は目の前に立つ鳩川をすがるように見あげた。

「あの、あなたは本当にぼくの力になってくれるのですか」

自分の鞄のなかに入っているレコーダー。この男の口からすべての罪を吐きださせなければ。

「力……というのは?」

大臣は目を細めると、畳にひざをつき、朝加の肩に手をかけた。

「ぼくは自分勝手なんです。このことを知られて矢神に捨てられたら居場所がなくなる」

「それで?」

「だから約束してください。矢神を陥れたあと、ぼくの働ける場所を保証してください。あなたに協力しますから」

そう言ったとき、知らずまなじりから涙がこぼれ、こめかみを伝っていった。そのとき、自分の顔を見下ろす大臣の眸からそれまでの警戒心が消えるのを感じた。

「たしか、きみは天涯孤独の身で、ずいぶん薄幸な生い立ちだったようだね」

「母に捨てられたのを矢神が助けてくれたんです。だからこれまでぼくは矢神しか、たよる人間がいなくて……」

「わかったわかった、悪いようにはしない。秘書として、党内できみはとても優秀だと評判なんだよ。その能力を私のために発揮《はっき》してくれ。有能な上に、これほど綺麗な秘書をもつのも悪くない、私の秘書のひとりにしてあげるよ」

「ありがとうございます」

涙に濡れた顔をあげると、あごに手をかけられ、軽く唇を吸われた。

息を呑んだ朝加に、大臣が笑う。

「……今からきみの誠意をたしかめてもいいかな？」

「誠意……というのは」

「三木原くんから話を聞いた上で、きみもここにきたんだろう？」

大臣が、となりの部屋に敷かれた布団をちらりと見る。

「ええ……あの……でも、本当にそんなことでよろしいでしょうか」

「ああ、きみ次第だよ」

「わかりました」

朝加は寝室に移動した。こんなことくらいでこの男から信頼を得られるのなら……。

大臣が後ろから近づき、襟足《えりあし》の髪をかきあげてうなじを強く吸ってくる。反射的に身体をこわばらせた朝加に耳元で訊いてきた。

「どうした、ふるえているが、怖いのか?」

「いえ、うれしいです」

これは贖罪。そして彼を守るため。数年越しで計画してきたことだ。

こういうときだけ、自分はあのどうしようもない母親に感謝する。こんな顔に生んでくれてありがとう、男なのに男に好かれるような外見に生んでくれてありがとう……と。

決してこの男にはわからないだろう。自分が本気で喜んで抱かれようとしているその幸福感の原点を。

「……っ」

「やっぱり怖いんだろう」

「え、ええ……少し。なので……どうぞ導いてください」

朝加は精一杯ほほえんだ。男に首筋を吸われ、腿《もも》の奥の窄《すぼ》まりにふれられる。冷たい指に蕾《つぼみ》を広げられ、朝加は小さく息を吐いた。

「あ……っ……」

この男に逆らってはいけない。受けいれなければと思う。それなのにまなじりから熱いしずくが流れ落ちていくのはどうしてだろうか。

ゆっくりと背中から倒され、足を広げたまま、そこに顔をうずめられる。奥をさぐる男の指の動きに身震いを感じながら、それでも朝加は彼の口から何とか不正の事実を訊きだそうとする一念に憑《つ》かれていた。

「不思議だね。きみのような綺麗な青年に矢神くんが手をつけていなかったとは。これまで彼からの誘いは？」

男の手が胸の突起にふれる。押しつぶすように撫でられる感覚に恐怖を感じながらも、朝加は震える声で答えた。

「いえ」

「まさか、彼はなにも」

「はい。彼は同性には興味はありませんから」

「前回の選挙のとき、遊説《ゆうぜい》を手伝うきみを見てから気になっていたんだ。この儚げな色っぽさ。当時、矢神はいい秘書を雇ったものだと仲間内で話題になってたんだよ」

「それで……明日からぼくはなにを」

首筋へくちづけを浴びながら、朝加は恐る恐る問いかけた。

「矢神が私に疑いをかけている問題を矢神のやったことにして欲しいんだ」

「あなたが行った不正を矢神のせいに？」

朝加は息を呑んだ。

「そのくらいのことはできるだろう？」

「え……ええ……それで不正というのは、政治献金かなにかですか？」

「いや……入札のことで……っ」

内腿を撫でられ、緊張のあまり鼓動が小刻みに脈打ちそうになる。

「あの……それで……入札というのは、公共入札の限度額を教えて、儲けをキャッシュバック…してもらったってことですか」

「ああ、よくあることだよ。もういいじゃないか、そんなことは」

「待って……それはいつの？　時期を知らないと矢神のせいには……」

「二年半前の港湾開発の……もういいだろ、さあ足をもっとひらいて」

朝加は口もとに笑みを刻んだ。

よかった。この男の口から聞きだすことができた。港湾開発の件なら、落合が親しくしているヤクザと関係がある土木業者が入札している。

ということは、落合の裏にいる黒幕は、野党の議員ではなく、この男——つまり矢神の本当の敵は鳩川ということになる。

あとは、このことを矢神の政策秘書に伝えなければ。

そして警察に二年半前の港の開発の件を調べてもらえば鳩川は失脚し、三木原や落合とのつながりも明白になり、矢神を罠に嵌《は》めようとする人間はいなくなる。

「ん……っ」

大臣の濡れた舌が性器に絡みつき、そこが少しずつ反応を示すにつれ、次第に身体の奥のほうが奇妙にも熱くなってくる。

これでいい。こうして素直に身体から湧きでる感覚に従ってしまえばいい。

そうすればすぐに朝がやってくる。朝がきたら、警察に証拠をとどける。それまでは逃がさないようにここに留めておかなければ——と自分に言い聞かせた。

「もういいね？」

足首を肩にかけられたその瞬間——。

「朝加！」

手前の部屋とへだてていたふすまのひらく音とともに、耳にふれた低い声に朝加ははっと目を見ひらいた。

「あ……っ」

視線が絡み、心臓が凍りつく。そこにいたのは和服を着た長身の男……。

「矢神……どうして」

驚愕《きょうがく》した鳩川がとっさに朝加から離れる。

しかし鳩川以上に驚いたのは朝加だった。白い襦袢《じゅばん》姿のまま胸や腿もあらわに、足をひらいた自分がそこにいて、息もできずに硬直するしかできない。

どうして……晃ちゃんがここに……。

さっと全身の血の気が引き、唇がふるえていた。

目を眇めて朝加を凝視したあと、矢神が忌々しそうに舌打ちする。

「なにやってんだ、このダラが」

朝加のしどけない姿を、冷ややかにいちべつしたあと、矢神は鳩川の前に袴のすそをさばいて正坐《せいざ》した。

「このたびは私の秘書二名がご迷惑をおかけし、申しわけございませんでした」

畳に手をつき、矢神は深々と頭をさげた。和服を乱したまま、鳩川が愕然《がくぜん》としている前で矢神は顔をあげて、言葉を続ける。

「三木原は今日をもって免職いたしました。朝加には厳重注意しますのでどうか二人の軽率な行動をお赦《ゆる》しください。明日、警察とともに改めてお詫《わ》びにうかがいますので、今日はこれでご容赦を」

それだけ告げると、矢神は朝加の腕をぐいと引っ張った。

「なに勝手に動いているんだ、このダラ」

小声で呟くと、矢神は鳩川に背をむけ、朝加を連れて廊下にでた。

見あげると、これ以上ないほど不機嫌な顔をした矢神……。

「晃ちゃん……ぼく……」

朝加はとっさにレコーダーの入った鞄を手につかんだ。

「だまってついてこい」

乱暴に吐き捨て、矢神は襦袢姿の朝加を引きずるように廊下を進み、渡り廊下を通って敷地内の一番奥にある彼の離れへとむかった。


矢神の離れは旅館の本館の裏の、椿の垣根のむこうの空間に建てられている。宿泊客の喧《けん》噪《そう》からへだてられたひっそりとした静かな場所だった。彼が帰郷しているとき、ダイスケもここで過ごしているが、今は病院にいるのでその姿はない。

「晃ちゃん……あの……」

玄関から居間へと押しこまれ、朝加は青ざめた顔で矢神を見あげた。

「酒の用意をしろ」

床の間に飾られた一升瓶《いっしょうびん》をあごでさすと、矢神は灰色の袴を脱ぎ、黒の着流し姿のまま畳に敷かれた緋色《ひいろ》の敷物にひじをついて寝そべった。

「あの……ごめん……」

「少しだまってろ。おまえを殺しかねないくらい怒ってんだ」

和紙と木枠でできた行燈《あんどん》風の小さなスタンドが灯っているだけで薄暗い室内。二間続きの部屋の壁は兼六園《けんろくえん》の成層閣《せいそうかく》と同じように朱に塗りこめられ、照明がそこにぼんやりと淡い円を描いていた。

（どうしよう）

とりつくしまがなくて謝れそうにない。盗聴器を何とかしたいのだが。

黒檀《こくたん》の机に北陸名産の純米酒を置き、朝加は矢神に杯を差しだした。

黒い漆器の杯を舐め、矢神が目を眇めて庭先に視線をむける。

苔《こけ》むした中庭を純白の雪が埋め、小さな池には薄く氷が張っていた。すっと無言で突きだされた杯に純米酒をそそぎこむ。しばらくすると、矢神は小声で話しかけてきた。

「おまえ……野党議員の元秘書だった落合の愛人になるって約束もしているそうじゃないか。なにを考えてるんだ」

「え……何でそれを」

「やっぱり」

「もしかして……ひっかけたの？」

問いかけると、矢神は数枚の写真を朝加に突きだした。

それは落合と朝加とが密会している写真だった。

「何だ、この写真は。いちゃいちゃして……むかついたんで、落合をシメてやったら、あいつ、おまえを愛人にするって」

では裏切っていたことも知っているのだろうか。それとも。

「シメたって……だからこの前……あんなこと訊いたの？」

「そうだ」

「じゃあ、今日、ぼくがなにをするつもりだったかもとっくに」

「俺も前からさぐってたんだ、鳩川と三木原、それから落合とのつながりを。そうしたら落合とおまえが」

「ちょ……どうしてぼくにそれを教えてくれなかったの。だったら、無理してレコーダーをもって鳩川のところに行ったりしなかったのに」

「レコーダー？」

「うん、ここに不正について鳩川が話している会話が入ってる」

朝加は鞄からレコーダーをだして机に置いた。あの会話を聞かれたくはなかったけれど、こうなった以上は仕方ない。

耳に近づけ、その会話を訊いたあと、矢神は忌々しそうに舌打ちした。

「一応、これは警察にわたすが……最低だな。色仕掛けで鳩川を堕《お》とそうとするなんて浅ましい。情けない、これでは俺が秘書に恥ずかしい真似をさせているようじゃないか」

その言葉に朝加は冷水を浴びたようにショックをうけた。

そうだ、朝加の独断でやったことでも、このことが知られると世間は矢神がたのんだように受け止めてしまうだろう。

「……っ……ごめ……」

「二度とするな」

「ごめんなさい、まさか晃ちゃんが彼らのことを調べてるなんて思わなかったから。知っていたらこんなことは…」

「危険に巻きこみたくなかったから言わなかった。せっかく遠ざけたのに」

「……遠ざけた?」

「でないと、おまえは今みたいに無茶な行動をとるだろ」

ひじをついて横たわっている矢神は着流しのすそをしどけなくはだけさせたまま、唇を不機嫌そうに歪めている。

時折、横目でちらりとこちらを見ては庭先に視線をもどす。しばらく雪の庭を眺めたあと、けわしく眉間にしわを刻んでまたこちらに目をむけてきた。

「晃ちゃん……本当にごめん」

「だまってろ」

矢神はすーっと唇を近づけ、杯の中の椿を清酒ごと飲み干していった。

矢神は怒っている。だまってろと言うときは彼の怒りが最高レベルに達しているときだ。きっとこうして怒りを鎮めようとしているのだろう。

窓の外は硝子戸から漏れる明かりが庭先にひらひらと舞い落ちる雪を照らし、螢《ほたる》が乱舞しているような幻想的な風情がただよっている。

雪に埋もれた寒椿《かんつばき》の赤い色。雪を吸いこんでいく薄氷の池。

矢神は酒の注がれた黒い杯をくるりとまわしてそこに視線を落とした。杯の中には明かりに照らされた寒椿が浮かびあがり、夢の中で燃える焔のように美しい。

次々と酒を注がされているうちに、やがて一升瓶をあけた矢神は、空になった杯をぽんと床に投げ、ぐいと朝加の腕をつかんだ。

「……っ」

硬直する朝加をじっと凝視したあと、矢神がドスの利いた声で言う。

「本気で鳩川と寝るつもりだったのか?」

矢神は半身を起こし、朝加を引きよせた。ひざを崩して抱きとめられるような格好で胸に包まれ、朝加は唇をふるわせた。

「大臣が悪事を働いている情報が得られるのなら……」

とっさに離れようとしたが、矢神の腕が力強く腰を押さえて動けない。

「俺が優しいから、謝れば何でも赦してもらえると思ってんだろ」

「思ってないよ。それしかできることがないと思ったから」

腕で縫《ぬ》いとめられ、密着した胸から早打ちする鼓動が伝わらないかと不安になる。

「昔からおまえのかわいさは評判だった。旅館の客から一晩売って欲しいと言われたこともあるし、議員仲間からも何度かおまえを紹介して欲しいとたのまれたことがある。でもおまえがいやがってると思ったから断ってた」

「いやがってるって」

「椿が落ちてた日。泣いてたじゃないか、母親に売られそうになって。あのとき、俺は絶対におまえを守ろう、なにがあっても誰にもおまえを汚させるものかって決めて、用心棒代わりにダイスケをあずけて、今日までなにもないように、どれだけおまえのこと必死で守ってきたか、わかってんのか」

苦しそうな声で吐き捨てられ、朝加は大きな目をさらに大きくみはった。

「……っ」

知らなかった。

たしかに矢神と親しくなってからはそれまでのように妙なことをされることもなくなったし、母のことで悪く言われることもなくなった。

「自分を汚すような真似して。恥ずかしくないのか」

恥ずかしいよ、情けないよ、秘書としてやってはいけないことをしたと、今さらながら後悔している。反省もしている。それなのにすなおにごめんなさいと言えないのは、あまりにも彼が優しいから。そしてあまりにも自分がバカ過ぎるから。

「どうでもいいだろう。もういいじゃないか。鳩川の不正も三木原さんの背徳行為も、落合が鳩川のスパイってのもわかったし、これで次の選挙は安心じゃないか」

投げやりに言った瞬間、矢神のまなじりが吊りあがる。

「情けない、そんなことをさぐるために身売りしようとするなんて」

たしかに自分は何てことをしようとしていたのか。

「浅ましい真似して。母親のこと、誘われたら誰でも部屋に呼ぶからって……あれほど嫌ってたくせに、自分も同じなのか」

言葉がなかった。完全に彼から呆れられている。自分だって情けなくて死にたいくらいだ。本当はごめんなさい、二度としませんと謝りたかった。けれど。

「俺はおまえが好きだったから、それこそ宝物みたいに大切に大切にしてきた。俺が議員になってからは選挙に大事な弟をとられたみたいで複雑な気持ちになるほどで……」

大事な弟――その言葉は外の雪よりも冷たく胸に突き刺さる。あくまで矢神は弟としてしか愛してくれないのだ。

「いいよ、べつに大切にしてくれなくてもいいよ」

うつむき、朝加は消えそうな声で言った。

「ふざけるな。あれだけ泣いてたくせに。だから俺はおまえを綺麗なまま守ろうとしてきたのに、よりによって鳩川なんかのところに」

「あのときは子供だったから泣いてただけだよ。だいたい綺麗なままって……ぼく、晃ちゃんと知りあう前に、さんざん汚されてきてるよ。大阪でいっぱいされてたんだし、それくらい知ってるだろう。誰とでも平気でできるんだ」

「……っ」

「だからいいんだよ、守らなくても」

売り言葉に買い言葉のように反発した朝加に、矢神は予想外の言葉をかえしてきた。

「じゃあ相手が俺でもいいんだな」

「……っ!」

「誰でもいいなら、俺でもかまわないってことじゃないのか」

こちらをいさめているつもりなのだろうか。またそんな喩《たと》えをだして。

「過去のことはもう話すな。そうした子供を守るための社会を作っていくから。でも今は違うだろ。今、おまえは俺のもんじゃないか。助けてやったとき、そう約束したのに。なのに俺に何の断りもなく他の男のところに行きやがって。もちろん断ったからって、行かせたりはしないけどな」

それは妹に彼氏ができたときの兄と同じような反応だよ——と言いたかったが、あまりに矢神が激怒しているのでやめた。

「でも、ぼくは世界中で晃ちゃんとだけは寝たくないから」

きっぱりと言い切った朝加に、矢神はひどくプライドが傷つけられた様子で眉間に深々としわを刻んだ。

「な……理由は?」

「だって……晃ちゃん、見合いするし、そういうのよくないから」

「鳩川も妻子がいる」

「……あれは情報が欲しくて、気持ちも何も関係ないから」

「それなら、俺と一夜の過ちを犯してもかまわないじゃないか」

「……酔ってるの?」

問いかけた瞬間、矢神に胸ぐらをつかまれる。鋭いまなざしでにらみつけられ、朝加は息を詰めた。

「酔ってるさ。一升瓶をあけたんだ、酔わないわけないだろ。酔ってるから、おまえに何でも訊けるし、やらせろなんて言えるんだよ。でないと俺が、おまえにこんなことできるわけないだろ。大切に思ってきたんだから」

忌々しそうに吐き捨て、矢神は朝加の身体をどんと畳に押し倒した。上からのしかかり、白い襦袢の襟元を勢いよく肩まではだけさせる。

「やめて……晃ちゃん」

「だめだ。罰だ。おまえは、一生、俺のワガママを聞いて、俺に説教して、それでも俺のことが世界で一番好きで、俺のために生きてればいいんだ」

ひざを割って入りこんできた矢神の身体が下肢の間を刺激する。ぐっと加わった重みにたちまちそこが痺れ、朝加は唇を噛みしめた。

「この野郎、俺とはやだって言いながら、なに勃《た》たせてるんだよ」

「それは……っ……」

とっさに矢神の腕からのがれようと身体に力を入れる。けれど彼の力を押しのけるには朝加は非力すぎた。

矢神の手が縦横《じゅうおう》に胸をまさぐり、小さな突起をかすめたか思うと、指の腹で撫でられる。その甘い刺激に背筋がぞくりと震える。

「ん……っ」

少し嬲《なぶ》られただけなのに感じてしまって、乳首がぷっくりと膨れている。下半身まで快感が連動してしまって、彼の腿にふれていたそこからかすかな雫《しずく》が滴り落ちていく。

「この淫乱。このダラ。身体使って、情報を仕入れようだなんてふざけたことをして」

舌打ちし、矢神は朝加の襦袢のすそを腰までまくりあげた。ついさっき鳩川に触れられていた窄まりに矢神の指がふれる。

「いや……やめて……そこ……いやや…っ」

首を左右にふって懸命にもがく朝加の内部に矢神がぐっと指を差し入れる。狭い肉を割って侵入してきた長い指。

「……っ！」

突然の刺激に全身がこわばる。引きつるような痛みが背中に走った。

「やめて……だめだ……そんな…とこ」

「だめもなにもあるか。俺が邪魔しなかったら、今ごろは鳩川のオヤジのをここにぶちこまれてたんだろ。俺でも同じじゃないか」

二本に増えた指が体内で蠢《うごめ》いている。骨ばった指の関節で果肉を抉《えぐ》るようにこすりあげられると、感じやすい粘膜がじわじわと疼き始める。

「あ……っ」

どうしてこんなことに。朝加は己の身体の反応に呆然とした。

鳩川のときはあれほどイヤでイヤでしょうがなかったのに、矢神に触れられているだけで下肢が燃えたようになってしまう。

だめだ、勝手に腰が揺れる。粘膜が彼の指を締めつけて奥へと引きずりこもうとする。

「あ……あぁ……っ……ん……あぁ……っ」

せがむような甘い声。喉から漏れる声が恥ずかしくてしょうがないのに止まらない。

透明な雫が先端からとろりとあふれ、そこに顔を埋めた。彼の舌先がそれをすくいとる。

奥を刺激されながら、同時になまあたたかな舌が先端に絡みついてくる異様な感触に、朝加は息を詰めた。

「甘いな、おまえ……こんな味をしていたのか」

どうしよう。困った。これ以上、したくないのに、他の誰でもない、彼に咥えられていると思うと、異様なほど身体が熱く反応してしまう。

「やめ……そんなこと言うの……ん……ふ……」

先端から茎へと舌先が移動していく彼の舌。ひらいた足の付け根をおさえながら、ぐちゅぐちゅと奥をかき混ぜられていく。

いけない、このままだと快感に流されてしまう。越えてはいけない一線を越えたくなってしまう。彼が欲しくなってしまう。彼とつながりたくなる。

せっかく今日までこの気持ちを隠してきたのに。彼は酒の力と怒りにまかせて、こんなことをしているだけなのに。

その勢いに乗っかってこのまま矢神と寝てしまったら、きっともう耐えられなくなる。

「ん……いや……やめて……やだって言ってるだろっ！」

思わず叫んだとき、ふいに矢神の動きが止まった。

「朝加……」

「イヤだ……晃ちゃんだけは……イヤだ」

矢神がはっと目を見ひらく。そして朝加を冷めた目で見下ろし、指をひきぬく。ずるりと粘膜がまくれる刺激に朝加は顔を歪めた。

「そんなにイヤなら、もうあんな真似はするな。誰にも触らせるな。男に入れられるなんてまっぴらなんだろ」

「晃ちゃん……」

「鳩川だって落合だって……本当は自分から寝たいなんて思ってないだろ。俺は、おまえの嘘はぜんぶわかるんだぜ。おまえがいつ嘘をついているか、どれが本心でどれが嘘なのか俺には手に取るようにわかるんだ」

「どうして」

朝加は唇を震わせた。

「俺だけだぞ、おまえのこと、そこまでわかってるのは」

矢神は上体を起こし、朝加の襦袢のすそを整えた。

「な、だからイヤなことはするな。俺のためにされたら、俺が傷つく」

「晃ちゃん……」

あきれているのだ、彼は。バカなことをしようとした自分をいましめるために今みたいなことをしたのだ。

そう思うと、申しわけなくて愚かな自分が恥ずかしくていたたまれない。

矢神は新しい一升瓶のふたを開け、畳に落ちていた杯に酒を注ぎこんだ。

「おまえが仕事に一生懸命なのはわかる。だけどあれはあんまりだ。二年半前のときだって、おまえが事件に巻きこまれたのに助けられなくて。それなのにおまえは心配させまいと必死に嘘をついて。そのたび、悔しくて、俺がどれだけ情けない気持ちになったか」

ぐいと酒をあおり、矢神は重いためいきをついた。

「未遂でよかった。じゃなかったら、鳩川と三木原、それから落合も全員殺していた」

矢神は苦いものを噛んだような声で吐き捨てる。

殺していた……。

その言葉の重みに朝加は胸がかきむしられるような気がした。

生き方に誇りをもち、綺麗なものが好きで平和主義の矢神は、争いごとや暴力沙汰が死ぬほど嫌いだ。そんな彼がここまで怒りをあらわにすることはめったにない。それは自分のことを心から大切に思っているからこそ。

本来なら喜ぶべきだ。天涯孤独の自分を大事にしてくれるひとがいることに。

それは痛いほどわかっている。なのに彼の思いやりがどうしようもなく辛くて、彼を責めてしまいたくなるのはどうしてだろう。自分の心には、とんでもない鬼でも棲んでいるのだろうか。

「晃ちゃん……ぼく、かまへんねん、全然イヤやなかったよ。本気で寝てええと思ってたんや。けど晃ちゃんにされるのはどうしてもイヤやねん」

思い詰めて言った朝加の言葉に、矢神が口に近づけていた杯を途中で止める。

「なにをそんなに意固地になってんだ。どうして俺だけがイヤなんだ」

朝加のほおに手をのばし、矢神が切なげに眉をよせた。

「本当は俺とキスしたいくせに」

低い声のささやきに、朝加はかすかに唇をわななかせたものの、すでにあたりまえなこととして身についた平静さで首をふった。

「どうしたの、変なこと言って」

ふだんのごまかすような笑みもうまく刻めた。けれど喉から出た言葉はあきらかに動揺にふるえていた。なぜ矢神は突然こんなことを訊いてくるのか。

「知ってる、おまえが寝ている俺にキスしたの」

気づかれていた――！

全身から血の気が引いて意識が遠ざかるかと思った。

「どうして……」

「最初は何とも思ってなかった。俺もおまえの寝顔がかわいくてキスしたことくらいあるし、そんなもんかと思ってたけど……おまえのキスは俺とは違う気がして」

「同じだよ、晃ちゃんの寝顔がかわいくてついキスしただけ」

あわてて言いわけしたが、白々しく聞こえたのか、矢神は冷めた目で朝加を見つめたまま表情を変えない。朝加はわざと声をあげて笑った。

「バカバカしい。晃ちゃん、なに考えてるんだよ。ぼくは結婚する男なんか興味ないし、晃ちゃんのことは兄としてしか見てないし、男なんか好きじゃない。だいたい醜聞になったら、一生懸命働いてきたことがむだになる。キスくらいで勘違いしないで」

自分でも恐ろしいほどすらすらと嘘が出てきた。

それでもさっきよりはまともな声をだすことができたと安堵したのも束の間、朝加の後頭部をあまっているほうの矢神の手のひらが押さえこんできた。

「本当にそれだけか？」

間近でまばたきもせずに見つめられ、鼓動が高鳴りそうになる。ごくりと息を呑み、朝加は矢神の目を見つめかえした。

「……うん」

「じゃあ一方的にキスしてきた理由は？」

「さっき言ったとおりだよ、寝顔に釣られただけ。それにあんなのキスのうちに入らないし、大げさにとられても迷惑なだけだよ」

朝加は作り笑いした。

「そうだ、本当のキスはこうするもんだ」

ふっと口もとに笑みを刻むと、矢神は目を閉じて顔を近づけてきた。やわらかく唇をかさねられ、一瞬、なにが起こったかわからず朝加は身体をこわばらせる。

「……！」

目をみはった朝加の腰を抱きこみ、矢神は唇を割って舌をもつれあわせてきた。

「晃……っ……」

言葉を吸いとられ、たがいの皮膚をこすりあわせるように唇を押しつけられ、心臓が跳ねあがりそうになった。

「ん……っ……んっ」

舌を絡めあわせ、根元まで吸いとられ、ようやく自分がなにをされているか気づき、意識が眩《くら》みそうになった。

矢神とキスしている。

しかもふれあうだけのキスではなく……濃厚なものを。さっきのような戒《いまし》めと怒り任せの行為ではなく、ひどく優しく、慈しむような感じで。

しかしその甘美な現実を喜ぶ余裕もないほど朝加は驚愕していた。

「……ん……っ」

顔の角度を変えながら深く口内をさぐられ、熱っぽい淫らな音が室内に響いていた。

「ん……ふ……ぅ……っ」

息苦しさのあまり、朝加が鼻にかかった声をだしたとき、ようやく矢神の唇が離れる。同時に朝加の腰も解放し、矢神が半身を起こした。

「わかったか、これが本当のキスだ」

咎《とが》めるような声に、彼が自分の行為を快く思っていないのがわかった。朝加はうつむいてぽつりと呟く。

「……キスくらい知ってるし、教えてくれなくていいから」

矢神が口もとを歪める。

「そんなに俺がイヤなのか」

矢神の目がいつもと違う鋭さを孕んでいて、朝加は視線をずらした。

「うん」

「俺が嫌いなのか?」

頭上から矢神の苦い声が降り落ちる。

「ごめん……っ……」

本当は一度でいい、彼と寝たい。でも一夜の過ちではすまない。自分は本気だから。

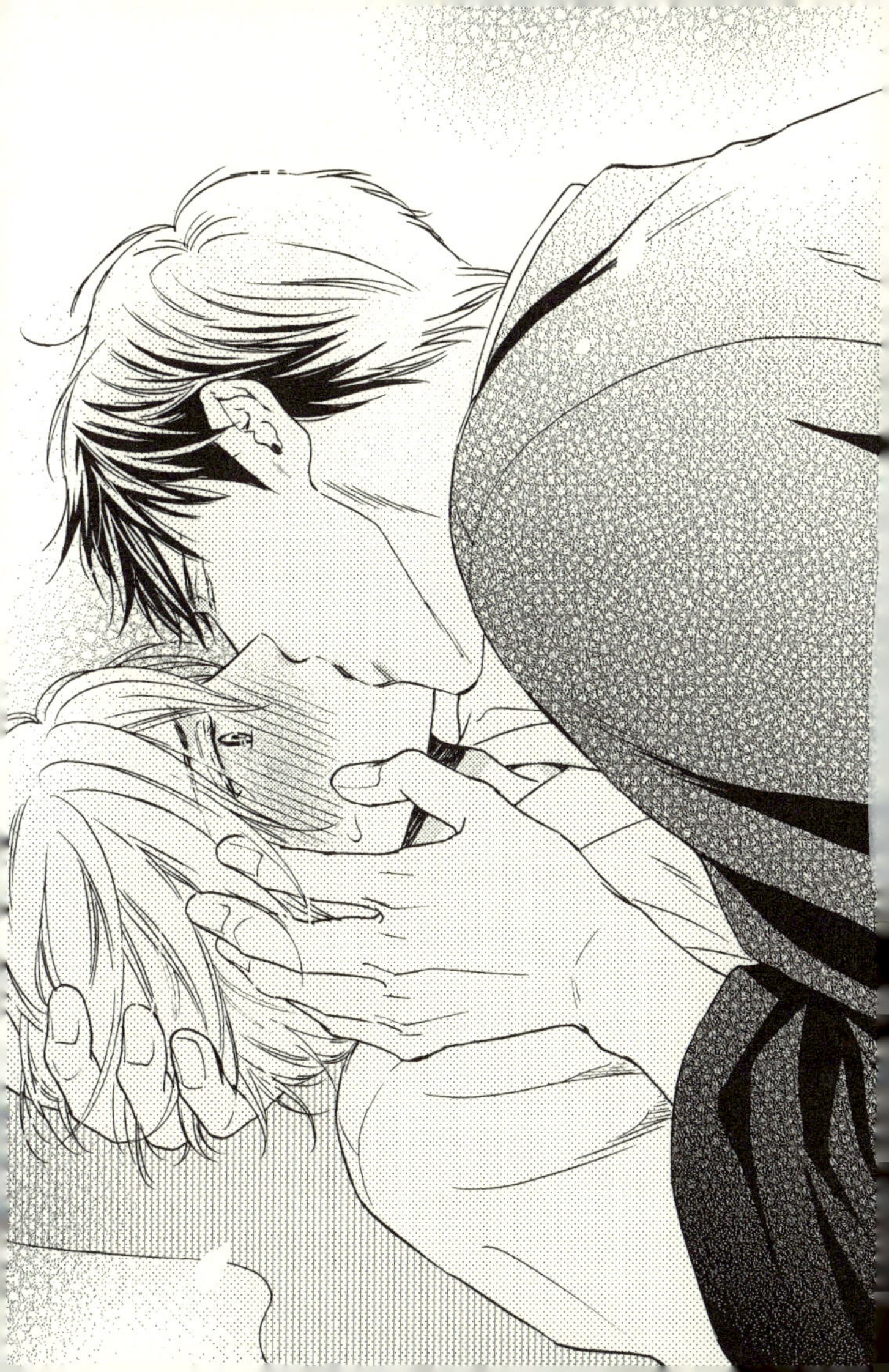

どうせ次の選挙が終わったら、彼は美帆と結婚する。

そうなれば議員と秘書という関係は終わる。彼に新しい家族ができたとき、これまでの優しい兄弟のようなままではいられないことはわかっていたから。

「ごめん、ごめん……ごめん」

「どうしておまえが謝んだ」

あごをつかまれ、顔をひきあげられる。

「ごめん、ごめん」

「バカ、何で謝るんだ」

怒気を孕んだ矢神の声が響き、朝加は泣きだしたい気分になった。

「ごめん……」

「俺とのキスが泣くほどイヤなのか?」

苦しげに問いかけられ、朝加は涙をあふれさせながら首を縦に振った。

「うん……ごめん、晃ちゃんとだけはこんなことしたくない。好きじゃない人とキスするのなんて……イヤなんだ」

何と説明すればいいのだろう。好きだからこそ、矢神とだけはふれあいたくないということをどう説明すれば——。

「朝加……」

矢神が目を眇める。

「俺だけはイヤ……か。そんなに嫌われてるなんて知らなかったよ」

沈痛な言葉の重みに、朝加は自分が彼をひどく傷つけたことに気づいた。

「……嫌ってなんて…ただ晃ちゃんとだけはしたくなくて」

嗚咽《おえつ》まじりに言う朝加に、矢神は舌打ちし、苛立った声でかえした。

「もういい。泣くほど俺がイヤならどこでも好きなところに行け。嫌いなら、無理に俺の秘書なんてやらなくていいから」

「嫌いなんて、ぼくは…晃ちゃんのことが」

好き……と言いかけ、朝加は口を噤んだ。

いけない、せっかくこれまで弟として大切に慈しんでくれた矢神に、よこしまな恋心をいだいてたなんて知らせたら。矢神は優しいから、朝加の気持ちを知っても突き放したりはしない。ただ、きっとひどく悩むだろう。

「ごめん、その気持ちにだけは応えられない」「ごめん、俺、男に興味ないんだ」「ごめん、弟としてしか見られないから」「ごめん、気持ち、わかってやれなくて」「ごめん、他になにかできることがあったら言ってくれ」「ごめん、俺、美帆さんと結婚するから」

次々と彼が言いそうな言葉が思い浮かぶ。

どの言葉も聞きたくない。そんなふうにして本気で謝られたあとに、それでも一緒にいられるのか？　いや、それはない。そこまで自分は強くない。

今まで必死に気持ちを隠してきたのは、身分も立場も違うのにありあまるほどよくしてもらってきたことに少しでも応えたかったから。

一緒にいられて幸せだったから。

だからこそ議員として活躍する姿が見たくて、役に立てるような存在になろうと思って努力したきた。

けれど落合のことにしても鳩川のことにしても、全部が全部、朝加の空回りだった。

「ごめん、そうだね、国会議員の秘書なんて……ぼくにはむいてなかったんだ。やめるよ。もう疲れた、みんな、自己中心で、醜い陰謀ばかり。晃ちゃんのところで働いて、そんな人たちに囲まれて、何かもうウンザリだよ」

朝加は心にもないことを口にしていた。

（そうだ、みんな、私利私欲にまみれて、自分たちのことばっかり考えて。そんななかで、晃ちゃんだけが違っていたから）

だからがんばってきたけど、結果的に、ただバカなことをしただけだった。

秘書が浅ましい真似をしたら、彼の議員としてのプライドや立場が傷つく。そのことに気づきもせず。

「やりたくないなら、やめろ。無理して俺のところで働かなくてもいい。ダイスケのことも俺が責任もって面倒をみる。もう俺の前に顔を出すな」

「……っ」

「明日から事務所にくるな。しばらく鳩川や三木原の件で、世間が騒がしくなる。その間、絶対によけいなことするな。迷惑だから」

「迷惑……」

「そうだろう、おまえのやったことは迷惑以外のなにものでもないじゃないか。少しでも悪いと思うなら、従業員寮から一歩も出るな。レコーダーの件で、警察がおまえに話を聞きにきたときは、俺に頼まれてやったと言え。それ以上はなにも言うな、もう俺とは関係ないんだから、今後、面倒くさい真似はするな」

初めてだった。矢神が本気で自分を拒絶する言葉を吐くのは。

「っ……晃ちゃん……ごめん」

「晃ちゃんと呼ぶな。うっとうしい」

矢神は朝加の腕をつかむと、縁側から雪の庭へと押しだした。

「かわいそうだから、同情して親切にしてやったのに、邪魔ばっかりしやがって。だからバカはごめんなんだよ。顔も見たくない」

新雪の上にどさっと肩から落ちた朝加の後ろで矢神がぴしゃり……と戸を閉める。

（迷惑……邪魔ばっかり……バカはごめん……顔も見たくない……）

朝加は雪の冷たさも忘れて座りこんだまま、呆然と閉ざされた戸を見あげた。

縁側からなかの様子を見ることはできない。

完全に怒らせた。そうされるように仕向けたのだから、これでよかった。

そう思うのに、この虚しさは何だろう。

これまでの二人の思い出や彼からの優しさを一瞬にして台なしにしてしまった自分の愚かさのせいだろうか。

このほうが思いを残さなくてすむのに。それよりは、こんなふうにして見捨てられたほうがいいはずなのに。

そうだ、そうだ、これでよかったんだ。

ふいに笑いたくなって、朝加はしんしんと降る雪を見あげ、くすくすと笑った。

(これでよかったんだ。こんなに嫌われたんだから、もう優しくされることに切なくならないで済むんだし、美帆さんとの結婚が彼にとっての幸せなんだし、明日には鳩川も逮捕されて、彼に火の粉が振りかかることもないんだし)

そう思うと、ひどくうれしくなってきて朝加は声をあげて笑い始めた。

「よかったよかった……よかった……っ……よか……っ……」

本当によかった。これでいい。うれしくてうれしくて……笑えてくる。

それなのに、いつのまにか寒さにがちがちと唇がふるえ、どういうわけか笑い声が嗚咽に変わっていた。

「う……うぐ……うう……」

どうしたのだろう、涙が出てくる。何でだろう。うれしいはずなのに。

「ごめん……晃ちゃん」

アホなこと、いっぱいして、怒らせてごめん。やっぱりダラなんはぼくのほうや。

そう思うと、うれしいはずなのに涙が止まらなくなる。

身体が冷えていくことにも気づかず、矢神の消えた戸口を朝加はぼんやりと見つめ続けた。

どうか美帆さんとお幸せに。

何の役にも立てなかったし、最後に呆れられるふるまいをしてしまったけど、ずっと幸せを祈っている。なにも手助けできなくてごめんなさい。

ひらひらと降る雪が身体に降り積もっていくことも知らず、朝加はじっとその場に座っていた。

5

早朝、朝加は矢神の事務所にむかった。

美帆に引き継ぎしようと思っていた書類をまとめたら、彼のデスクのひきだしに辞表とともに入れておこうと思って。

それが終わったらしばらく従業員寮でおとなしく過ごして、そのあとどこか遠くに行こうと決意していた。

事務所につくと後援者のリスト、それぞれの対応の仕方などを記したファイルを確認し打ち出すと、その脇に貯金通帳と印鑑をさしこんで朝加は矢神のひきだしに入れて鍵を閉めた。

矢神のポスターや選挙のスローガンやマニフェストが壁にびっしりと貼られた事務所。もうここで仕事をすることもないのか。

自分の椅子に座り、しばらくぼんやりと事務所を見わたす。

正面にある矢神のポスター。誠実そうで、とてもクリーンに見える。実際、そのとおりだし、彼こそ日本を背負って立つのにふさわしい人間だと思う。

そんな彼が好きで好きでしょうがなくて、この恋が叶うことはないって……最初からわかっていて……矢神が結婚したらと本当は想像するだけで耐えられなくて……だからもう一緒にいられないと思ったのに。

それでもせめて彼の役に立ちたくて、自己満足だと、ひとりよがりだとわかっていても、なにかせずにはいられなくて。

（だから裏切る振りをして、落合に近づいて情報をさぐろうとしていたけど……）

何の役にも立っていなかったどころか、勝手に自分から彼らに近づいて、バカなことしでかしただけ。結局、何の役にも立っていなかった。

「ほんまにぼくはダラや。どうしようもないダラ。いやになる」

朝加は刷りあがったばかりの矢神の写真の入った宣伝チラシを手に、席を立った。

朝八時半。もうそろそろ他の秘書が出勤してくる時間だ。

従業員寮に早くもどらなければ。けれど本当はこのままこの町にいるのは辛い。どうせなら遠くに行きたい。

駅で金沢行きのバスに乗り、そこから大阪にむかってもいい。昔住んでいたあの大きな街なら、仕事のひとつやふたつ見つかるかもしれないけれど。

（だめだ、ダイスケを置いていけない。腫瘍が悪性かもしれないのに）

彼の世話は最後まで自分がやらないと。そう思うと、やはり大阪には行けない。

朝加は動物病院を訪ねた。まだ診療時間までには三十分ほど早かったが、受付の女性が朝加を中に招き入れてくれた。

「どうぞ、ダイスケくん、淋しがっていますよ」

入院患畜用のガラス張りの部屋の一角。ゲージのなかでダイスケは丸くなって眠っていた。以前に矢神とふたりで選んだ青い首輪をして。

けれど気配でわかったのか、朝加が部屋の戸口に行くと、くいっと顔をあげて尻尾をぷりぷりと大きく振り、耳を低く垂れさせながらうれしそうに鼻を鳴らした。

「ダイスケ、どう、具合は」

ゲージの扉を開け、手をのばしてダイスケを抱きしめると、まぶたを閉ざして朝加の腕にほおずりしてくる。

愛しくてあたたかなぬくもり。触れていると心がおだやかになっていく。朝加を守るためにと矢神があずけてくれた犬。彼と自分とをつなぐ絆となっていた。

「ああ、朝加くん、きていたのか。今さっき矢神議員から連絡があって、これからダイスケくんを迎えにくると言ってたよ。しばらく地元にいるので、自分のいる離れでダイスケくんの面倒をみたいと言って。彼も本当にダイスケくんが大切なんだね」

朝加がきていることに気づき、獣医師が話しかけてくる。

矢神がここにダイスケを迎えにくる？

そうか、最期までダイスケの面倒を見ることはできないのだ。矢神からもうダイスケのことはいいと言われているのだから。それに従業員寮でおとなしくしていろと言われたのに、こんなところにきているのが知られてしまったら。

「あの……ダイスケの腫瘍はどうだったのですか」

「ああ、その件なら、時間がかかっているのか、大学病院からまだ連絡がないんだよ。もう少し待ってくれ。結果がわかったら知らせるから」

「わかりました。どうぞよろしくお願いします」

朝加は医師にぺこりと頭を下げたあとさようならの覚悟でダイスケに手をのばそうとした。すると突然、携帯電話が鳴った。

見たことがない番号だった。廊下に出て電話に出ようと思ったそのとき、受付の女性が朝加を呼んだ。

「朝加さん、今、テレビに矢神先生の事務所が」

「え……っ」

受付のテレビを見る。するとさっきまで朝加がいた矢神の事務所の前が映っていて人だかりができていた。マイクを持ったテレビ局のアナウンサーや新聞記者の姿もあった。

(そうか、鳩川大臣や三木原さんが捕まったから、もしかするとその件で……)

朝加はテレビのニュースをたしかめた。

鳩川と三木原、彼らが入札の件で逮捕され、野党議員の元秘書だった落合が彼らとその件で裏取引をしていたとして、任意同行を求められたというニュースが流れている。

鳩川大臣と三木原の関係。それはシナリオどおりだった。

もうこれで矢神は大丈夫だが三木原のことでしばらくは騒がれるだろう。

そう思ったとき、テレビで紹介されたスポーツ新聞の記事を見て、朝加は硬直した。

（これって……）

鳩川や三木原の記事の下に、朝加の写真が載っていた。

『まだあった！　政界の貴公子——矢神晃史議員の個人秘書が行っていた選挙違反の数々。金券ばらまき、戸別訪問の証拠写真と証言スクープ！』

記事には、朝加が例の助けた老女の自宅にタクシー代の返金をうけとりに行ったときの写真が載っていた。

見ようによっては、戸別訪問をして、金を払っているように受けとれる。そしてテレビカメラにむかって答えている老婦人の証言。きっと以前に落合が言っていたインタビューだ。

一応彼女の顔にはボカシがかけられている。

『朝加さんというかわいい秘書さんがお金を払ってくれましたよ。代わりに矢神先生に入れるというお約束で』

その言葉にスタジオが騒然とし、受付の女性が興味深げに朝加とテレビを交互に見る。

『この朝加さんに関しては、前回の選挙のときから噂が流れていたそうですが、ここにきてこのような証拠が出てくるとは』

『鳩川大臣らの問題に比べると、小さなことかもしれませんが、クリーンでさわやかなイケメンとして、女性に大人気の矢神議員の秘書が選挙違反ということは、何か裏切られたような気持ちになりますね』

『本当ですね。今後の彼の進退にもかかわってきますね』

ひどい。意図的に誘導されている。これでは、朝加が公職選挙法違反をしていたという印象が全国民に植えつけられてしまう。このままだと矢神の立場が。警察の目が自分たちにむけられると思った鳩川たちが、マスコミをあおっているのか？

呆然としていると、再び携帯に電話がかかってきた。また見知らぬ電話番号。朝加は息を詰め、神妙な顔で電話に出た。

『もしもし、矢神議員の秘書の朝加くん？　話を聞かせてくれないかな』

マスコミからだった。「お話しすることはありません」と言って電話を切っても切ってもかかってくる。非通知、公衆電話、それから見たことのない番号の数々。

あきらかに無実だ。けれど老婦人がああはっきりと証言している以上、どうやって無実を証明すればいいのか。

それに秘書の責任は議員の責任と言われる。謝罪だけではすまない。

朝加は彼の個人秘書だ。一蓮托生《いちれんたくしょう》として、矢神が辞任に追いこまれる可能性が高い。

いや、これはそれを狙っての情報操作だろう。政界ではライバルを失脚させるときによく使われる手だ。そして、そうならないように努力してきたのに。

『かわいそうだから、同情して親切にしてやったのに、邪魔ばっかりしやがって。だからバカはごめんなんだよ。顔も見たくない』

彼の昨夜の声。邪魔ばかり。ああ、また彼に迷惑をかけてしまう。どうしたら迷惑をかけなくて済むのだろう。

どうすれば――――。

そう思ったとき、昨夜、矢神が持っていた写真がポケットに入っていたことに気づいた。落合と自分との密会写真が数枚……。

（そうだ、彼を守る方法が。こんなときのためにやってきたことがあった。これまでに彼を裏切って、落合から振込をうけていた通帳。あれが証拠になるじゃないか。今朝事務所の矢神の机のなかに入れたあれが……）

今すぐ出頭してそのことを言えば。矢神を陥れるためにしていたと。公職選挙法違反も矢神への裏切りとしてやっていたと言えば――――。

（そうだ、大丈夫だ、そうすれば少なくとも彼の立場だけは守れる）

朝加は覚悟を決めると、ゲージの部屋にもどって、扉を開けてダイスケに手をのばした。

矢神と自分をつなぐ愛しい存在。ふわふわの毛。つぶらな眸。すぐにぷりぷりと尻尾を振って「てへっ」と声がしそうなほど耳と目を下げて笑う姿にどれほど幸せな気持ちになったか。

「ごめん、もう会えないかもしれないけど……晃ちゃんにかわいがってもらって。そして少しでも元気になって」

警察に行ったら、逮捕されたら……もう二度と会えないかもしれない。そう思うと、胸の奥がきりきりと痛くなって、今にも涙がでてきそうになった。

いけない、こんなところで泣いたら、ダイスケが心配してしまう。彼はとても鋭い。朝加の表情を読みとることができる。朝加は息を大きく吸って笑みを作り、ダイスケのほおやふわふわした首のあたりを手の甲で撫でた。

「ごめん、ダイスケ、ごめん……元気で」

朝加の隠しきれない尋常でない様子に、なにか思うところがあるのか、ダイスケが小首をかしげる。ダメだ、気づかれてしまう。

「じゃあ、また……また……ね」

身が引き裂かれそうな痛みを感じながらダイスケに背をむけたが、そのとき、「ワンっ」と後ろからダイスケの声が聞こえた。

ふり返ると、ゲージのなか、伏せの格好をして、今にも泣きそうな顔でダイスケがこっちを見ていた。

尻尾は下がり、淋しげに。捨てないでと言っているようなまなざし。その目を見ていると胸の奥がアイスピックで突き刺されたような痛みを感じた。その目があまりにも昨夜の矢神に似ていて。

『そんなに嫌われているとは知らなかったよ』

あのときの矢神と重なって見え、ふいに激しい喪失感が胸にこみあげてきた。

何で。こっちのほうが片思いで辛い気持ちになっているはずなのに、何でそんな目で見てたの。だめだよ、晃ちゃんのこと、好き過ぎて……もう一緒にいられないよ。

『ずっとふたりで一緒にいこう。ダイスケと俺とおまえと三人で』

子供のとき、そんなふうに約束した。けれどもうそれはない。視界がにごり、今にも泣きそうになるのをこらえながら、朝加はくるりとダイスケに背をむけた。

「っ……元気で、ダイスケ。晃ちゃんのこと、ぼくが守るから。ダイスケ、晃ちゃんと幸せにね。ぼくの代わりに彼を支えて」

その意味がわかったのか、ふいに鼻を鳴らし、きゅんきゅんとダイスケが甘えるような声をあげはじめた。朝加の手の甲を舐めようとするダイスケ。少しざらついたその舌の感触。何度このあたたかさに癒されただろう。

「ごめ……ダイスケ……晃ちゃんの代わりに聞いて。晃ちゃん、嘘ついてごめん、本当は晃ちゃんがどうしようもないほど好き。晃ちゃんとだけは、したくないなんて……あれ、嘘だから」

したくなかったとしたら、それはこちらが本気だからだ。

それと心のどこかにある自分の過去への劣等感。まともじゃない生い立ち、欲望にまみれた手で穢《けが》されてきた身体。矢神にはとうに知られていることだけど、実際に触れられ、彼まで汚してしまったら……と思うと、ぞっとした。

「邪魔ばっかりしてごめん。迷惑ばかりかけて本当にごめん。もうこれ以上、迷惑かけないから。晃ちゃんは……幸せになって。そしていつか総理大臣に……。その日を楽しみにしてるから」

矢神ではないのに、まるで彼に話しているようにそう言ってぎゅっと抱きしめたあと、ふわふわとした額にほおずりし、朝加はダイスケと別れた。

ワンワンと後ろから自分をひきとめようとする声。身が引き裂かれそうだ。

ワンっ。もう一度、ダイスケの声が聞こえたが、朝加は振りかえらなかった。また矢神と同じ眸を見てしまったら勇気がもてないのがわかっていたから。

朝加は写真を手にとり、動物病院を出るとまっすぐ警察にむかった。

『公職選挙法違反の疑いのある朝加容疑者ですが、何と鳩川大臣たちの悪事に気づきながら、彼らとつながっている落合容疑者に矢神議員の情報を流して報酬を得て、それを自分のポケットマネーにしていたそうです。そのため、矢神議員は前回の選挙で、わずかの差で落選する結果となったそうで……』

そんなふうに報道されているのを留置場のラジオ放送で知った。

「――起きろ」

警察官に声をかけられ、うっすらと目をひらくと、硝子窓のむこうに間断なく降り続く雪がぼんやりと見えた。

被疑者として勾留されたのは数日前。

取り調べと弁護士の面会以外は殆ど誰とも会わない静かで寒々しい空間だった。

まずは取り調べ。鳩川や落合が朝加が誘惑してきたと口にしているらしく、刑事たちからは、そうした下世話なこと――大阪時代や母の過去まで根掘り葉掘り聞かれることになってしまった。

「へぇ、母親から児童ポルノや売春をさせられてたんだって？　大阪でのことを調べたら、ぼろぼろと出てきたよ。加賀苑にいたときも仲居をしながらあんたを売ってたんだってね。その上、加賀苑の金を持ち逃げしたって……たいした母親だ。そんな親に育てられるとあんたみたいな子供ができるのか」

いきなり話題にされ、頭がくらくらした。そんな過去まで調べられるとは。

「矢神議員には、昔から世話になったんだろう。それなのにどうして裏切って、敵陣営に寝返ったんだよ」

ついと顔をそらし、朝加は吐き捨てるように言った。

「金のために決まってるだろ、あの坊ちゃん、育ちがいいから昔からだましやすくて。かわいそうな子を演じたら、自転車でも食事でも服でも何でもぽんぽんくれてさ」

矢神を否定し、貶《おとし》めるような言葉を言っているうちに、だんだん心が汚れて行くような気がした。本音ではない。けれどこうでもしないと、彼が『秘書の責任は自分の責任』として議員をやめてしまう可能性がある。

「あの議員が嫌いだったのか」

「じゃなかったら、こんなことしないよ。情報を流して、金をもらうなんて。ああいう育ちのいい坊ちゃんの顔を見てると、無性に腹が立つんだよ。不公平だろう、同じ人間なのに、彼みたいなのがいる一方で、ぼくみたいなのがいるなんて」

この言葉を矢神が聞いたらどう思うだろう。裁判になったら、みんなの前でこれと同じことを言わなければいけないのだろうか。

「残念だな、世間では矢神議員に同情が集まってきたぞ。性悪な秘書に利用されたお坊ちゃまとして揶揄《やゆ》するやつもいるが、矢神議員がおまえのことをひと言も悪く言わないで『すべては私自身の不徳です。お騒がせして申しわけございませんでした』と謝罪したことで、あいつの株があがってるぜ。バカだな、おまえも」

そんなふうに会見したのか。

彼らしい。やはりそう謝罪したのか。いっそ罵《ののし》って、自分はなにも知らなかった、秘書がすべて勝手にやったことと、すべて朝加の責任ということにしてしまえばいいのに。そうすればこちらも気が楽なのに。

(でも彼はそんなことはしない。たとえ迷惑だと思っても、邪魔ばかりと思っても、朝加を雇っていた責任は自分にあると考えるようなひとだ。なにがあっても)

それで彼の人間性が高く評価されたのなら、結果的にそのほうがいいか。

その一方で、鳩川たちは起訴《きそ》が決まったらしく、彼らが被疑者から被告人になったと聞かされた。

起訴の内容は、公共入札額に関する贈収賄《ぞうしゆうわい》らしい。そのくわしい経緯は朝加にはわからなかったが、何となく彼らのしてきた行為からその内容は推測できた。

「おまえの場合は、公職選挙法違反だな。老婦人の証言がある。あとは情報を漏洩《ろうえい》していたんだ、矢神議員のほうから告訴《こくそ》があるだろう。これは刑事になるか民事になるか微妙なところだが」

告訴――――矢神が自分を告訴する。

リアルな言葉を耳にした一瞬だけ胸に強い痛みが走ったが、「そうですか」と冷静に呟き、その後もたんたんと取り調べに応じた。

（告訴……か。そうなったら、裁判所で原告と被告になるのか）

そのとき、耐えられるだろうか。矢神と法廷で出くわすことになって、それでも平静でいられるだろうか。

また迷惑だ、邪魔ばかりして……という目で見られたら。

（無理だ……怖い……絶対にとり乱してしまう。そんなことになるくらいならずっと塀のなかにいたい。ここにいたい）

祈るような気持ちで、冷たい部屋のなか、横たわって、ぼんやりと窓の外の雪を見つめる。しんしんと降り続ける雪。心のなかにもしんしんと雪が積もって、この淋しさも哀しさも凍らせてくれたらいいのに、と思う。彼への想いも一緒に凍ってしまったら、法廷で会ったとしても冷静に受け答えできるのに。

そうだ、そうしよう、凍らせよう。もうこのままこの想いを捨てられないなら凍らせたほうがいい。そう何度も何度も自分に言い聞かせる。

それなのに言い聞かせようとすればするほど、今までの楽しかった日々が思いだされ、まぶたを閉じるたび、胸が締めつけられる。

彼が二十五歳になって県会議員になるまでは今よりも二人で遊ぶ時間が多かった。

それでも二十歳の成人式のときは旅館の仕事が忙しくて式に出席できなかった朝加に、夜まで働きづめで大変だったなと言って、矢神の部屋で二人だけの成人式をひらいてくれた。

黒檀《こくたん》のテーブルに食べきれないほどの地元の海で獲《と》れた甘エビや鯛《たい》の料理が並べられた部屋で、甘くコクのある地酒を杯に入れて乾杯した。

『ほかに欲しいものは？』

そう訊かれ、小鼓を聴きながら眠りたいとわがままを言ったら、本当にずっと打ち続けてくれて、翌朝、ひどく矢神を注意した記憶がある。

すりむいて血で赤く染まった小鼓を見て蒼白になり、こんなになるまで演奏しなくていいのにと矢神を叱ったのだ。本当はその気持ちがとてもうれしかったけれど、すなおに喜びをあらわすよりも矢神に腹が立った。

『でもおまえが幸せそうな顔で寝ていたから』

ふてくされる矢神の右手首をつかみ、一本ずつ指を手当てしたのもなつかしくて愛しい思い出だった。

それから中学校でいじめられたときのことも。

母親のことでバカにされて、休み時間にからかわれたり、体操服や教科書を隠されたり、靴に水が入っていたり、しまいには朝加の机がなくなっていた。

『くそっ、絶対、あいつら、ボコボコに殴って、家に、火ぃ、つけたんねん』

そう思って、マッチを手にして旅館の外に出ようとしたとき、矢神がなにか女将である彼の母親と話しているのが聞こえてきた。

矢神が家庭教師をしていた子供が盗みを働いたのだが、矢神にそそのかされたからだと嘘をついたらしく、女将がそれについて言及していた。

そのことにたいし、矢神は凜とかえしていた。

『俺は嘘はつかない。多分、生徒が嘘をついてるんだろう。俺は自分の行動にいつも責任を感じて行動している。加賀苑の息子という責任、それから政治家一家の人間としての責任を。だけど生徒の責任も俺の責任だ。だから彼の盗みも俺の責任として、きちんと罰をうける覚悟だよ』

加賀苑の責任。矢神の責任。生徒の責任。

その言葉を聞いて、朝加は自分が放火犯になってはいけないと思って、マッチを捨てた。そして自分をいじめるやつらをボコボコにするのもやめようと決意した。

たとえどんなにいじめられても、どんなにバカにされても、自分が暴力をふるったら、矢神の責任になってしまう。

(今回も同じはずだ、きっとこうでもしないと、彼はぼくのことを最後まで自分の責任として助けようとする)

いつも彼はそうだった。でも今回はその結果次第で彼は議員としての地位を失いかねない。いけない、ダメだ、迷惑をかけてしまう、絶対にそうあってはいけないから。

だから接見にきた弁護士にもなにも言わなかった。

朝加の担当弁護士は、矢神の大学時代の同級生で、敏腕な男だった。

国選弁護人でよかったのだが、なにかあって、万が一でも矢神に不利なことになっては困るので、彼のためを考えてくれる弁護士ならそれでいいと思った。

「朝加くん、矢神は、きみを告訴しないと言ってるよ」

「え……でも情報を流していたんだから告訴してくれないと」

「告訴して欲しいのか？」

「それはもちろん。罪を償いたいので」

「おかしいな、矢神からは、きみは無実だから、その証言をとってきてくれって言われたんだけど」

「え……でも、おばあさんの証言は……」

「あの件はなにか理由があるはずだから、探って欲しいとたのまれて、調べたところ、彼女の息子さんは鳩川大臣を後援している土建屋の社員でね。しかも彼女の家のまわりによく土建屋の下請け企業……つまり、その筋のやつらがうろついていたという証言もとれた」

矢神はそこまで調べていたのか。

「でも彼女ははっきりとテレビでそう言っていましたから。世間には完全にぼくが選挙違反をしていると思われてしまいました。ここでぼくを助けたら、矢神議員に対して世間がどんなバッシングをしてくるか」

「だから落合からの入金通帳や鳩川とのテープを逆手にとり、矢神だけは守ろうとしているんだね。矢神が秘書の責任を背負うことを恐れて」

そうです……と、もちろん口にすることはできないけれど、やはり矢神はそのくらいお見通しだったらしい。

「だから、決めたそうだよ、きみの罪を背負うって」

弁護士は苦笑した。

「ええ……っ」

目を見ひらいた朝加をじっと見つめ、弁護士が矢神の言葉を告げる。

「きみが正直に無実だと言ってくれないのなら、秘書を犯罪者にしてしまった責任をとって議員辞職するそうだ」

「――――っ」

そんな……。それでは出頭してきた意味がないではないか。自分が何のためにここにいるのか。それは彼を守りたいからなのに。

「大切な人間にすべてを背負わせ、自分だけがのうのうと議員を続けるくらいだったら、すべて失ったほうがマシだと言ってた。そうしないと、ダイスケも許してくれないと」

「え……」

どうしてここでダイスケの名が。驚いた朝加の顔をじっと見すえると、弁護士は鞄から赤い椿と一枚の写真をとりだした。

「これを」

真紅《しんく》の椿。加賀苑の庭に咲いているものだ。それからダイスケを中心に矢神と朝加が海岸でよりそって写っている写真。弁護士は神妙な顔で、その写真の上に青い首輪を置いた。

「……なぜ首輪を」

「もう必要がなくなったと伝えれば、朝加くんはわかると言ってたよ」

では……ダイスケが？

「あなたをさがして、その椿が落ちている傍らで見つかったと」

その言葉に胸の奥が強く抉られた。

「ダイスケ……」

「ひどくきみを心配していたそうだ。きみを守る役目を与えたのに、守れなかったことで矢神にも申しわけない気持ちになったのだろう、ろくに食事もとらず、ずっと浮かない顔をしていたそうだ。それでちょっと目を離したすきに、突然いなくなって」

では、ダイスケは自分をさがして旅館の敷地をさまよって……それで。

目の前が真っ暗になり、ぽとぽとと大粒の涙が流れ落ちてきた。

死——死んだのだ、ダイスケが。最期はこの腕のなかで看取りたかったのに。最後に見た眸。矢神と同じように見えた目。彼にあまりにも似ていた気がして、怖くて振りむけなかった。だから追いかけようとしたのか?

「あ……っ」

どうして振りかえらなかったんだろう。どうしてあの目を真正面から見つめなかったのだろう。ぼくが死ねばよかった。ダイスケの代わりにぼくが。

朝加は全身をふるわせ、耐えかねて嗚咽を漏らした。

「あ……ああ……あ」

抱っこしたかった。最期のときは矢神と二人で抱きしめて、それからやわらかな毛をずっと撫でて、それからキスして、まぶたの上にほおずりして。

そして抱きしめたまま、『ありがとう、ダイスケがいてくれて幸せだったよ、ありがとう』と言って看取るつもりだったのに。

なのにできなかった。何てことに。何てことになったのか。

どうしてちゃんと抱きしめて見送れなかったのか。ずっと一緒にいて、ずっと自分を守ってくれた家族。いつも一緒にいたのに。

(ああ、ぼくが代わりに死にたかった。ダイスケ……ごめん……ダイスケ)

ぼろぼろと涙を流し続ける朝加の肩に、弁護士が手をのばしてくる。

「矢神からの伝言だ。自分に正直に言えないならそれでもいい。でも、この首輪に嘘をつけるのか。ダイスケの前で、自分が犯罪者だって言えるか、と」

警察官が差し入れという形で、首輪をもってきてくれる。首輪。手にとると、うっすらとダイスケの匂いがする。まだあたたかさも残っているような気がしてくる。

「ダイスケに誓って正直に言ってくれ。そしてきみを守る役目を果たしたと誉《ほ》めてやってくれ。ダイスケは、きみが矢神のために働いていた姿を一番よく見てるよね。一緒に空港に迎えにいって有権者の家をまわって。その彼に嘘がつけるのか、あの日々は偽りだったと」

最後に見た彼の眸。行かないで、そう訴えているような目だった。矢神と自分の絆。ふたりをつないでいたもの。優しくて大切なふたりの思い出。

『晃ちゃんが総理になるためにがんばろう。ダイスケが一緒にいてくれるから、どんなに大変でも、がんばれるんだよ』

矢神が国会に行っている火曜から金曜の間、そうやってダイスケに話しかけながら、一生懸命秘書として働いていた。疲れてうたた寝していても、彼がよりそって寝てくれるので寒さも感じなくて。

秘書として働くことにどれほど誇りをもっていたか、ダイスケはずっと側で見ていた。けれど彼はもういない。

淋しく雪のなかで逝《い》かせてしまった。自分をさがして、あの椿の花の下で。矢神から「おまえにあずける」と言われ、この腕に初めて彼を抱きしめたあの場所までさがしにきて。

「朝加くん、どうなんだ、きみは選挙違反をしたのか」

嘘なんてつけない、そう思った。

この首輪。愛しくて愛しくて、家族としてずっと一緒にいた彼。矢神への気持ちを語ると、いつもそのあたたかさで慰めてくれ、ひとりぼっちの夜をそのぬくもりで癒してくれた。

矢神の秘書でいることが嬉しいと話すと、彼も嬉しそうに尻尾を振ってくれた。

有権者のところをまわるから、一緒についてきてと言うと、朝加よりも早く駐車場に走っていった。誇りと喜びをもって働いていた日々。

それを知っているダイスケ。彼の魂の前で……どうして嘘がつけるだろうか。

「……していません……ぼくは……していません」

大粒の涙とともに、朝加は声にならない声で、けれどはっきりそう言った。


その数日後、朝加の公職選挙法違反が不起訴になり、釈放されることになった。

あのときの老婦人が証言をひるがえし脅された事実を訴えたからだった。

「落合に脅され、そう証言しろとたのまれたと言ってたよ。裏には、暴力団がいたそうじゃないか。三木原と手を組み、その暴力団を使って矢神の選挙の妨害をしていたという証拠も出てきた」

「証拠？」

「矢神の弁護士が持ってきたが、しかし矢神もたいしたやつだな。いきなりばあさんの証言が変わるって。裏から手をまわしたんだろうけど、政治家さんはさすがだよ」

刑事たちは矢神が卑怯な手を使って、朝加が釈放されるように仕向けたと信じているようだ。老婆に無理やり証言をひるがえさせたのではないかと疑っている。

「矢神議員がおまえについて、昨夜、記者会見をした映像がある。見るか」

朝加は警察署内で、釈放前に矢神の記者会見の映像を見せてもらった。

『このたびは世間をお騒がせして申しわけございませんでした。今回のことは、私を守ろうとした秘書の誠意を利用したもので、彼を政争に巻きこむことになってしまいました。まったく関係のない彼のプライベートまで暴かれ、傷つけることになり、大変彼にも申しわけないことをしたと思っています』

『矢神議員、世間では、あなたが自分の地位を守るために、無理やり秘書を助けたのではないか、裏で手をまわしたのではないかという疑惑が起きていますが』

記者のひとりがきつい口調で矢神に問いかける。

（無理やりぼくを？　疑惑って……）

『疑惑を持ちたければどうぞ。ですが、無実は無実。私はそれを証明するために尽力しただけのことです』

『秘書の責任は議員の責任として、あなたの辞任を希望する声があがっていますよ。インターネットのアンケートでも、矢神議員の辞職が望ましいという意見が八割に…』

『秘書は無実です。私が責任をとる必要はありません』

『ですが、彼の母親や彼が過去にしていたことは事実なんですよね』

『今回のことと関係ない質問ですので答える気はありません』

『では、あなたが好んでそういう秘書を雇っていたと世間には思われてしまいますよ』

『どうぞご自由に。私は優秀だと判断したから彼を雇いました。ただそれだけです』

矢神の言葉に会場がざわめき、彼を罵る声が響きわたる。矢神は気にしているふうでもなく、むしろいつもよりもクールな表情で凛然としている。

「大変だな、おまえさんみたいなのを庇《かば》って。疑惑の秘書を金の力で助けた、老女を脅して証言をくつがえさせたとして、あちこちから非難囂々《ひなんごうごう》だぞ。釈放されたとしても、この先、おまえさんみたいなのが側にいると、矢神の地位も危ういな。尤《もつと》も、今回のこの騒ぎだけで次の選挙も当選は無理だろうけど」

たとえ朝加が釈放されたとしても、今後、彼の負担になることは明白だ。そうなりたくないから、彼を裏切っていた悪徳秘書になろうとしたのに。

（おまえさんみたいなのが側にいると……か。刑事さんの言うとおりだ。彼を守るつもりだったのにまた迷惑をかけてしまった）

どうして助けてくれるのか。どうして自分は「無実だ」と言ってしまったんだろう。最後まで裏切り者という態度を続けていれば、少なくともこんなことにはならなかったのに。少なくとも、彼だけは守れたのに。

（でも……）

朝加はコートのポケットに入れたダイスケの首輪を握りしめた。

嘘がつけなかった。好きだという気持ちはいくらでも嘘をつくことができる。けれど、彼の秘書として、政界で活躍する彼を支えているのだと信じて働いていた自分の誇り。それをずっと側で見ていたダイスケの魂の前で、その姿が嘘だったとは言えなかったのだ。

なのに結果的に、それで矢神がバッシングされてしまっている現実を考えると、激しい自己嫌悪に駆られる。自分は空回りばかりしてまた迷惑をかけたと改めて痛感して。

『かわいそうだから、同情して親切にしてやったのに、邪魔ばっかりしやがって。だからバカはごめんなんだよ。顔も見たくない』

邪魔ばかり。バカはごめん。本当にそのとおりだ。

虚ろな気持ちで警察署の外に出たそのとき、マスコミのカメラが自分にむけられていることに気づいた。

「朝加さん、昨夜の矢神議員の発言についてですが」

「世間から矢神議員がバッシングされていますが、そのことについてどう思いますか」

数社のマスコミのカメラ。見物人たちの好奇に満ちた目。

(ごめん……晃ちゃん、また迷惑かけて)

朝加は発作的《ほつさ》に彼らに背をむけ、警察署の裏にむかった。

そして塀を乗り越え、路地を出て進もうとした。しかしむこうの角にも記者がいることがわかった。どうしよう、どこに行けばいいのだろう、そう思ったとき、ちょうど目の前の停留所で路線バスが停まる。

それは海岸方面にむかうバスだった。朝加は反射的にバスに飛び乗った。

「……っ」

よかった、マスコミはついてきていない。

地元の老人が二、三人だけ座ったがらがらのバスに乗った朝加は、後ろのほうの座席に腰を下ろした。

このあとどうしよう、どこで降りよう。従業員用のアパートにもどっても、きっとマスコミがいるだろう。ダイスケがいるのなら、勇気を出してもどったけど。

もちろん加賀苑にも顔向けできない。矢神事務所や彼のいる離れにも。そもそも顔も見たくないと言われているのだから会いに行くことはできないのだけど。

けれど、せめて謝罪と御礼は伝えたかった。

(でも、また怒られるんだろうな。面倒なことして……って)

朝加は、自分とダイスケと矢神の写っている写真を見て、深くため息をついた。

窓のすきまからすーすーと入りこむ冷気が身体を芯から冷やしていく。沈鬱な気持ちで外を見ている間に、バスは市街地から海辺の断崖へときていた。

どんどん景色が変わっていく。前は切り立ったけわしい崖で、人家の明かりすら見えない場所をバスが走っていく。

いつしか、わずかな乗客はいなくなり、バスには朝加しか乗っていない。このまま坂のむこうにある海への一帯をぬけると、バスはまたぐるりとまわって市街地にもどっていく。その前にどこかで降りないと。そう思うのだけど、どこで降りればいいのか。

自分には行く当てがない。どこにも行き場所がない。

矢神とダイスケのいるところが自分の世界のすべてだった。でもダイスケはもういない。矢神からは、顔も見たくないと言われている。

「そうか、どっこもないんだ」

朝加は、改めて自分の居場所がひとつもないことに気づいた。

それをはっきり自覚したとたん、ふぅっと自分のなかから生きる気力のようなものが抜け落ちていくのを感じた。

喪失感でも孤独感でもなく、心のなかが空っぽになっていくような、なにもかもがどうでもいいような感覚が胸に広がっていく。その昔、海で母に手を放されたときと、どこか似た感覚だった。

べつに淋しくてもいいや、誰もいなくてもかまわないや。ひとりぼっちでも寒くても、どうだっていい。

それが辛いとか哀しいとか、感じることを心が拒否している。

雪を踏みしめガタガタとチェーンの音を立てながらバスは雪の降る海沿いの道を進んだかと思うと坂をいくつか越え、やがて海の見える断崖近くに入った。

雪景色が一面広がる断崖。そのむこうに海が見える。

矢神とダイスケと初めて出会った浜へとつながっている海岸だ。荒々しい波飛沫《なみしぶき》や岩にぶつかる波の花が遠くからも見える。

海辺には荒波をふせぐ目的で作られた竹製の間垣《まがき》に荒々しい海風がぶつかり、そこに貼りついた雪の塊を吹き飛ばしていた。海鳴りに交じって、砂浜の雪が旋回してバスにぶつかる音が不気味なほど強く響く。

あそこ……晃ちゃんとダイスケと出会ったところ。そうだ、居場所なら、あそこがある。あそこに還《かえ》ればいい。十三年前のあの海に。

朝加があの海に還れば、今、矢神を罵っているマスコミも一気に同情するだろう。

極寒の能登半島でそんなに長くは外にいられない。人家のない場所を無闇《むやみ》に進んでいくことは死を意味する。きっとすぐに逝ける。

ふいに喜びが胸に湧いてきた。自分に行く場所があることへの。

「すみません、ここで降りますっ！」

朝加は安堵の笑みを浮かべ、発作的にバスを降りた。

（ああ、よかった、ちゃんと行く場所があった。あそこがいい、ダイスケの形見の首輪……そうだ、ダイスケとあそこに還ろう。待ってて、ダイスケ、ぼくも逝くから）

不思議だ。あの海にまたもどると思うと、どんなに横殴りの雪風が身体を打っても寒さを感じない。歩くのもままならないのに、それが苦痛だとも感じない。

「待ってて……ダイスケ……待ってて……今……逝くよ……ぼくも……」

朝加は雪風に抗《あらが》いながら必死に前に進んだ。

海に面した崖に沿った細い雪道。祠《ほこら》の前を抜け、海に近づけば近づくほど海鳴りが激しくなり、それは硝子の割れるような音に似ていた。

ほおも耳も痛くてちぎれそうだった。バスを降りてから、まだ十五分も経っていないのに身体は骨まで痺れている。

それなのにやっぱり寒くなかった。痛みも痺れもどこか別世界のもののように感じられ、ああ、早く還らないと、自分の居場所に行かないと、という気持ちに心が急かされているせいか、荒々しい風も雪も奇妙なほど心地よく感じられた。

果てしなく続く雪の丘、丘、丘……風に煽られて剝きだしになった岩肌が荒涼とした印象を感じさせ、とても淋しい光景に見えた。

海からの強風に水が吹きあがり滝のような轟音があたりに響いている。

すぐ下は十メートル近い断崖。雪風に身体を打たれ、荒れ狂う日本海にこのまま吸いこまれていきそうな気がする。

いっそここから飛び降りたら、すぐにダイスケに会いに行けるだろうか。早く会いたい、ダイスケに会いたいと小さくほほえんだそのときだった。

「朝加っ、待てっ！」

矢神の声が響いた。最初は気のせいだと思った。けれど海鳴りのむこうからはっきりと聞き覚えのある低い声が聞こえてきた。

「朝加、待つんだ！」

ふりむくと、雪道の後方に彼が立っていた。五メートルほどむこうの雪をまとった木の傍らにその姿が見えた。

どうして、彼がここに――――！

「警察に迎えにいったら……記者が……海岸行きのバスにおまえが乗ったって。それで追いかけながら、バス会社に連絡をとったら、運転手がそこで降りたって」

荒々しい風に彼の声が時々かき消されるが、言っていることはわかった。

バカなひとだ。あれだけ世間が騒いでいるのに、こんなところまで追いかけてきてどうするのだろう。だいたい顔も見たくないくせに、義務や責任で迎えにこなくてもいいのに。

「ありがとう、迎えにきてくれて。でもいいよ、ぼく、もう還るから！」

朝加は笑顔を浮かべ、大声で言った。

「待て！　どこに。おまえの帰る場所は俺のところしかないだろう」

「ううん、あるんだよ、あそこの海……あそこに還るから。じゃあね」

朝加は海を指さしたあと、矢神に手を振った。

「待てっ、やめろ、たのむっ！」

矢神が一歩近づいてくる。朝加はかぶりを振った。

「やだよ、やっと見つけたんだから……還れる場所」

「おまえは……俺のとこに……もどってくるんだ、俺の秘書として働くんだよ！」

声をあげながら、矢神が近づいてくる。

「無理だよ、ぼく、逮捕されたから」

「無実が証明されて釈放されたじゃないか」

「でもマスコミが……」

「ああ、マスコミにははっきりと言った。おまえを秘書としてこれからも雇うって」

「すごいバッシングされてる……選挙の票を失うよ」

「それは俺の責任だ。人徳がなかっただけだ。気にするな」

「邪魔だって言ったじゃない、迷惑だ、顔も見たくないって」

「あんなの嘘に決まってるだろ。おまえに無茶させたくなくて遠ざけたんだっ」

「でも仕事は……美帆さんが」

朝加は首を左右にふった。すると矢神が思い詰めた声で言う。

「縁談なら断られたよ」

「え……どうしてっ」

「大丈夫だ……毛利にはもっとすごい恩を売ることができそうだから」

言葉の意味がわからなかったけれど、急に寒さを感じた。あまりに風が冷たくて、冷静に考える余裕はなかった。ただ矢神の思ってもみなかった言葉に混乱しているだけで。

「ダメだよ、あんないい相手……いないのに。せっかくここまで一生懸命やってきたのにそんなことしたら……っ」

混乱のまま言ったそのときだった。海からの強風に身体がぐらつき、とっさに支えようとしたものの、凍った雪道に足が取られてしまった。

「あっ！」

踵《かかと》が浮き、身体が風に呑みこまれて崖下に引きずりこまれそうになった。

だめだ、落ちる――――っ！

「朝加！」

手首に強い力を感じ、朝加は目を見ひらいた。矢神に手首をつかまれ、朝加の身体は崖にぶら下がっている。

吹きあがる風にあおられ、矢神の手が離れそうになった。しかし手首に爪を喰いこませるほど強く握りしめられた矢神の手がそこから離れることはない。

「……っ……今、引きあげるから」

顔を歪め、矢神が力を振り絞って朝加を上にあげようとする。

けれど強風が吹いてそれをはばみ、朝加の身体が振り子のようにゆれてしまう。いけない。このままだと彼まで海に落ちてしまう。

「もういいから。手、放して！」

声を振り絞り、懸命に叫ぶ。しかし矢神はいっそう強く朝加の手首を握りしめた。

「だめ……だ」

「もういいよ、もういいって、早く！」

朝加は祈るように叫んだ。お願いだから早く手を離して。でないと矢神が。

「だめだって言ってるだろ。この世で一番愛する人間を死なせたら、この先、俺はどうやって生きていったらいいんだ」

吹雪に交じって聞こえた声に、朝加は息を詰めた。

「う……」

大粒の雪が入るのも気にせず、大きく目をみはる。朝加の眸をしっかりと見下ろし、矢神が淡くほほえむ。

「おまえが好きだ。だから……そばにいてくれ……俺のところに帰ってきてくれ」

「嘘……そんなこと」

耳を疑った。手足がふるえ、鼓動があわただしく脈打ち、矢神の声がこだまして耳の奥が痺れたようになっている。朝加は今の自分の状況もわすれ、硬直して矢神を見あげ続けた。

「俺の気持ち……気づいてなかっただろう。俺がずっとずっとおまえのことが好きだってこと……なにも知らなかっただろう」

「そんな……」

「あきらめるつもりだった。おまえを犯そうとしていたやつらや、おまえを泣かせるような穢いやつらと同じことをしたくなくて……おまえを泣かせたくなくて」

いやがって泣いていたことを矢神だけが知っている。けれどまさか。

「真っ白な雪の上に椿の花が散っていたとき……おまえを助けないと、と思ってあの小屋に行ったときから……俺はずっとおまえが……」

「晃ちゃん……」

嘘だ、そんなことって。ああ、でもそれが真実だったら。

「おまえに縁談をすすめられて……選挙選挙って言われて……だからおまえが喜ぶように結

婚しようと思った……だけど無理だ……。俺はおまえしか好きになれないから」

朝加の手首を強く握り、矢神は雪風にたたかれながらそれでも振り絞るような声で言う。

「前に言っただろ。愛するひととあたたかい家庭を作れって。そういう相手……俺にはおまえ以外思いつかないいんだ」

「嘘だ……でも……ぼくは男で……弟で……」

なにを言ってるんだろう。自分たちは。こんな大変なときに。けれど……。

「俺だってそう思ってきた……おまえは弟だって……でも違う……もっと違う感情でおまえが欲しくて……そんな自分をどれほどどいさめてきたか」

まさか彼が自分を好きだったなんて。同じ気持ちでいてくれたなんて。

そんなことがあっていいのだろうか。あまりにも都合がよすぎる。十三年間、このひとを想いすぎて、もしかして最後に神様が幸せな夢を見せてくれたのか？

「ありがと……もう……思い残すこと……ない」

朝加はまぶたを閉じた。まなじりから涙が落ちていく。

「手……離して……お願い」

身体が痺れてきた。意識が朦朧《もうろう》としてきて、これ以上ぶら下がっていられない。

それならこのままあの世に逝きたい。この幸せな夢の中で。彼の記憶の中にいる綺麗なままの自分でいたいから。夢が覚める前に早く——。

「もう……いいよ……」

「だめだ」

矢神の指が朝加の手を強く握りしめる。

「死なせない。まだ……おまえを俺のものにしていないのに」

頭上で矢神の声が響いていた。ああ、最後にこんなに幸せな言葉を耳にすることができるなんて。きっと夢の中にいるから本当に都合のいい言葉ばかりが聞こえてくるのだろう。

「おまえも俺のものになりたいだろ」

なに言ってるのだろう。彼らしい傲慢な言葉が耳に心地いい。けれど、もうその声も次第に遠ざかっていって聞こえなくなってきた。

「朝加、俺のために生きるんだ！　好きだ、朝加……」

うん、生きる。目が覚めたら、晃ちゃんのために生きていく。そう心で呟きながら、朝加は意識を手放していた。


雪がさらさらと降り積もり、木々から落ちていく音が聞こえてきていた。

不思議なほどの静寂。今日の日本海は静かなのだろうか。それともあの世に逝ってしまったのだろうか。

何の感覚もない。けれど光に包まれたようなぬくもりを感じる。きっと死ぬ前に都合のいい夢を見たせいだろう。矢神が自分を好きだなんていうそれこそ夢のような夢を――。

そんなふうに思いながらうっすらとまぶたをひらくと、気づかわしげに自分を見ている双眸が目に入った。

(晃ちゃん?)

朝加はかすかに睫毛《まつげ》を揺らした。すると額に手をのせ、矢神がほほえむ。

「気がついたか」

助かったのだ。徐々に意識が覚醒《かくせい》し、まわりをたしかめると、瀟洒《しょうしゃ》なその和室は矢神の邸宅の寝室だというのがわかった。

では夢ではなかった……。黒い着流しを着た矢神の優しい眼差しも本物だ。

「ぼく……助かったの?」

「ああ、すぐあとに救助がきて。まだあれから半日しか経ってないんだぜ」

自分と矢神は救助されたあと、ここに運ばれて医師の手当てをうけたらしい。そのまま朝加は寝間着を着せられ、ここでずっと眠っていたと教えられた。

「凍傷はたいしたことなかった。身体の疲れもすぐとれるだろう」

そう言ったあと、矢神はかすかに視線をずらし、気まずそうに呟く。

「だけど……手首の傷は……もしかすると痕《あと》が残るかもしれないって」

手首の傷——？　朝加は布団のなかで首をかしげ、包帯の巻かれた右手首を見た。

自分を支えてくれた矢神の手の感触が痛いほど残っている。強風の吹き荒れる断崖で、自分の危険もかえりみずこの手首を握りしめた矢神。冬の海で母から手を離されたとき、自分を助けてくれた矢神の手がまた命を救ってくれた。

「ありがとう……助けてくれて。傷なんて残ってもいいよ。あの、それより……」

「世間のバッシングなら、気にするな。人の噂も七十五日っていうが、多分、その半分もないうちに変わるから。あのばあさんがヤクザから脅された証拠もあるし、この先、守るって約束したし、そういうことが世間に知られたら俺の人気は自然とあがる。むしろ落ちる前以上になる。おまえも気にせず、笑顔で働き続けろ。懸命に、誠実に。そうすることで、世間の印象なんてころりと変わるものだ」

「本当に？」

「ああ、それから前に言ったよな、俺を守ろうとしてくれるのはありがたいけど、俺、別におまえがいないんなら、議員なんて続ける気ないから。邪魔とか迷惑とか嘘だから」

「え……っ」

「最初に話しただろう。おまえみたいな子が幸せになれる社会を作りたいって。それっておまえを幸せにしたいってことなのに。そのために俺のそばにいろって。なのに何で、おまえがいないのに、他のやつが幸せになる社会を作るために、俺が身を粉にして、公僕として働かないといけないんだ」

「晃ちゃん……」

「俺はおまえのために議員になろうって思ったのに」

そう……だったのか。そこまで強く思ってくれていたなんて。

「涙なんて流して……。傷が痛いのか？」

朝加の背に腕をまわし、矢神が顔をのぞきこんでくる。

「痛い……その気持ちが」

懸命に嗚咽を殺し、朝加は手で顔を覆ってかすれた声で言った。

「おまえを好きって気持ちがか？」

「うん……だって……ぼく……こんなことって」

朝加はしゃくりあげながら手の甲で必死に濡れたほおを拭った。すると矢神が深い息をつく。

「わかってる。俺にはおまえを愛する資格がないと言いたいんだろ」

「えっ……」

目をみはった瞬間、矢神の双眸に鋭い光が閃《ひらめ》き、ぐいと寝間着の衿をつかまれた。

「二年半前のこと……選挙のときに暴行されたこと、どうして隠していたんだ？」

「……それは……」

「おまえが隠そうとすると、おまえを守れない。あのときは何とか無事に済んでよかったが、なにかあったらとりかえしがつかなかったんだぞ。頼むからもうやめてくれ。俺を守ろうなんてしないでくれ。それって、俺が一番傷つくから。全然、俺を守ってないから」

「……っ」

また目の奥が熱くにじんできた。

「ごめん……そうやね、ごめん……いつもいつも迷惑かけて」

ぽつぽつと告げる朝加に、矢神がいまいましそうにためいきを漏らす。

「別に迷惑なんて。知らないままでいるほうが問題だ。いや、最大の迷惑は俺の存在だな。そばにいたのになにも気づかない鈍感で、ダラな俺が一番悪い」

「そんなことない、何でそんなこと」

「俺が気づかなければいけなかった」

「晃ちゃん……」

「朝加、賢くなれって言っただろ。強くなれって。おまえが強い気持ちで自分を大事にしてくれなければ、俺はおまえを守れないじゃないか。おまえの全部を守りきれるわけじゃないんだからって。これまではダイスケがいたけど」

「ダイスケ……そうだね、これまでは……」

あ、ダメだ。もう彼がいないのだと思うと、胸が詰まって。

「あいつも年だし、今までのようにはいかないだろう。おまえが守ってやんないとな」

「え……」

「ああ、腫瘍の結果なら良性だったぞ。ただ、捻挫《ねんざ》のせいで入院中だ。もう退院できるから一緒に迎えに行こう」

「え……捻挫？　え……生きてるの」

「ああ、いや、おまえをさがして、足を滑らせて倒れてたんだけど。またおまえをさがしにいかれたら困るから、捻挫が治るまで入院中だ。早く外に出てきて、ダイスケの面倒をみろという伝言を弁護士にたくしたんだが、おまえ……かんちがいしたのか」

「え……あ……よかった、ダイスケ……生きて……」

「ああ」

よかった、生きていた。生きていたのだ。もう一度、抱きしめることができる。ああ、もう二度とサヨナラは言わない。絶対に抱きしめて離さない。

「……ったく、ダイスケのことしか、すなおになれないんだな」

「だって晃ちゃんが……首輪なんて……よこすからてっきり……ひどいよ、そんなこと」

「俺は死んだなんてひと言も言ってないぞ」

あきらかに誤解するようにもっていったじゃないかと責めるだけの余裕はなかった。ダイスケが生きていたことがうれしくて。また抱きしめられるのだと思うと幸せで。

「ああ、でもよかった。また一緒に暮らせるんだ」

「俺はダイスケに約束するから。これからはダイスケの分も俺がもっともっとしっかり朝加を守っていく。だから長生きして、ずっと俺たちのそばにいてくれって」

「晃ちゃん……」

矢神は本当に心の底から自分を大切に想ってくれている。思いあがりでも勘違いでもなく、矢神は本当に自分を愛してくれているのだという実感に。

涙をあふれさせている朝加のほおを手で包み、矢神が苦しそうに言う。

「おまえが俺のために努力してくれるのはうれしい。選挙の鬼になっている姿もいじらしい。けれどそのせいでおまえから笑顔がなくなっていくのは耐えられない。こんな想いをさせないでくれ」

祈りにも似た言葉の響きに魂まで満たされるように感じる。厳しい、けれどその奥に潜む深い優しさが心に染みて、また胸が痛くなってきた。

矢神が自分を愛してくれている。

「ごめ……ん」

朝加は嗚咽を殺し、矢神の胸に額をあずけ、その背に手をまわした。

この矢神のぬくもり。十三年前の冬と変わらない。あのときからずっとこの手にあったぬくもりをようやくたしかな形で捕まえられた気がした。

「賢くなるから……赦して」

「朝加」

ほっとした矢神の笑みを見あげ、しかし朝加は涙声で懇願した。

「でも……晃ちゃんも隠しごとはやめて。鳩川を探ってるって正直に話して欲しかった。ぼくを安全な場所に……やろうとして……嘘つくのはやめて」

「俺たち……二人してダラってことか」

自嘲気味に矢神が嗤う。

「うん……」

うなずいた朝加の唇を矢神がそっと吸った。

「傷にさわらないようにする……おまえを俺のものにしていいか？」

静かに訊いてくる矢神の言葉に、朝加は上目づかいで彼を見た。

「でも……ぼく……初めてじゃないよ……穢いよ」

「この期に及んで何でそんなことを言う。おまえ、俺のものになりたくないのか」

「それはないよ……ただ怖い。晃ちゃんに触れられて……穢いこと……知られんの。晃ちゃんまで汚しそうやん……そんなん申しわけないから」

「っとに、どうしようもないダラだな。どっこも汚れてないだろ。そんなふうにこっちを気づかうやつのどこが穢いんだ。むしろ綺麗じゃないか。おまえの心は誰より綺麗だ。だから、それでいいんだ。でもな、たとえもし汚れてたとしても、俺はおまえの泥だったら、喜んで共有するよ。人を好きになるってそういうことじゃないのか」

おまえは違うのか？

そう問われ、たしかにそうだと思った。たとえ矢神がどんなことをしていたとしても朝加の好きだという気持ちに変わりはない。彼が何者でも。

「……ごめん……もう二度と言わへん」

朝加がぽつりと呟くと、矢神はあごに手をかけ、こちらをいたわるような優しいキスをしてきた。唇をそっと擦りよせながら甘く包みこむように。

「ん……っ……ん」

矢神の熱、吐息。愛しくて、そっと触れるだけのキスはした。この前は戒めのようにキスしたけれど、こんなふうに熱っぽく、たがいを求めるようなキスは初めてだ。

それ以上求めることができなかったものが今自分のなかに溶けてきていると思うと、ずっと押し殺していた感情が解きほぐされ、夢のような幸福感に満たされていく。

「いやだっていうのはなしだ。止まりそうにないからな」

せっぱ詰まったように布団に押し倒され、矢神が身体にのしかかってくる。その重み。こんなにたくましく、こんなに重たかったなんて知らなかった。

「ん……っ……っ」

心地よい重みを感じながらまぶたを閉じると、寝間着をはだいて忍んできた手が肌をまさぐり、朝加の薄い胸をさまよっていく。

やがて彼の指先が胸の粒をさぐりあて、ぐりっと指先で嬲ってくる。やわやわとした刺激に皮膚の内側がツンと張り詰めたようになったかと思うと、ぷっくりと乳首が膨らみ、朝加の口からは、知らず甘ったるい嬌声《きょうせい》が漏れた。

「あうっ……いやや、そこ……やめて……っ」

ぐりっと爪の先で弄られ、朝加は布団のなかで大きく身悶《みもだ》えた。

「ここ……敏感なんだな、弄られると、気持ちいいのか？」

そんな恥ずかしいことを涼しげな凜々しい顔でまじめに訊かないで欲しい。

「ん……知らない……あぁっ」

ほおが赤くなるのを感じ、顔をそむけかけたそのとき、矢神が胸に顔を埋《うず》めてきた。

荒々しく脇腹の皮膚を揉みしだきながら、彼の唇が朝加の乳首を吸う。

ピンと勃ちあがった乳首を舌先でつついたり弾いたり、乳輪ごと吸っては舐められたりしているうちに、身体の奥のほうが甘く疼き、自分でも信じられない声があふれてくる。

「ああっ、ああ……いや……そこ……変な気分になる……うっん……」

恥ずかしい。何なのか、この感触は。胸のあたりの皮膚がしこり、くすぐったいような、もどかしいような感覚が下肢へ広がって身体をもてあましてしまう。

「敏感だな、乳首、グミみたいだぞ。感じたとたん、ほおがまた赤くなってきて」

矢神の手が足の間をまさぐり、朝加の性器を握りしめる。ぐりぐりと亀頭の先を指で撫でられると、ぐちゅりっと音を立てて先走りの雫が出てくる。それを絡めて指の腹で強くこすってくる刺激的な圧力。たとえようもない気持ちよさだった。

「……かわいい、こんなに濡らして、ぐしょぐしょじゃないか」

「そんなこと言わな……いやっ……ああっ、ああっ……やっああ……っ」

だめだ、耐えようとしても勝手に声が出てしまう。こんな声、朝加からねだっているようではないか。それを矢神に聞かれているなんて恥ずかしくてたまらない。明日からまともに顔が見られないじゃないか。

「お願い……やめて……恥ずかしい。こんな声出して……いやらしい雫を出して……ぼく、もう明日から……まともに晃ちゃん……見れへん……」

両手で顔をかくし、かぶりを振る。すると、矢神は朝加の手首をとって、顔をのぞきこんできた。漆黒の凜とした双眸がまっすぐ自分を見つめている。けれど少し眉間にしわがよってどこか苦しそうだ。皮膚にもうっすらと汗がにじんでいる。

「俺だって恥ずかしいよ……こんなになってる。おまえが欲しくて……苦しくて」

ぐっと朝加の腿に当たる彼の性器。布団のなか、彼の肉塊が熱く脈打っているのが振動となって朝加の腿に伝わってきた。朝加は驚いたような顔で彼を見あげた。

「……これ……ぼくのせいで？」

「当たり前だ、だからいちいち恥ずかしがるな……俺だって必死なんだ。いつもかっこつけてるのに……おまえにこんなこと知られるのはいやだけど……それ以上に欲しいから……」

ついと顔をそむけ、矢神は朝加のひざを肘《ひじ》にかけて首筋に顔をうずめてきた。

彼も同じだ。そうだ、たがいにこれまでずっと隠していたものを晒《さら》そうとしているのだから。恥ずかしくないわけがない。けれどそれ以上に欲しい。その気持ちがとてもよくわかる。

「ぼくも……ぼくも……恥ずかしいけど……欲しい……晃ちゃんが」

「ああ、おまえの身体……あちこち敏感になって欲しがってるじゃないか」

淡く汗ばんで手にしっとりと吸いついてくるような肌も、快感と羞恥に紅潮したほおも、濡れた唇も尖った乳首も蜜にまみれた性器も、そして身体の奥も……と、たしかめるように矢神の唇や手がたどっていったあと、やがてうしろの窄まりを広げられた。

「う……ん……っ」

挿《はい》りこんでくる指の感触。荒々しく性急に、それでいて焦らすような指の動きがたまらない。気持ちよくて、恥ずかしさも忘れて布団の上で身悶えてしまう。

粘膜に広がるむず痒い熱。朝加の蜜を絡めた指で窪みの奥をかきまわされ、全身が火照っていく。

「んん……あぁ……ああ……んっ」

せがむような自分の声。揉みほぐされている粘膜の、もう少し先の奥、そこが焦れったく疼き、もっとたしかなもので埋めて欲しくなる。欲しい。もっと。そう訴える己の身体への羞恥にほおが熱くなる。

「……いやや…」

おかしい。こんなのは自分じゃない。

「やばいな、やっぱりおまえが恥ずかしがってるの、そそられる」

ぐちゅぐちゅと濡れた音が耳をつき、二本の指を広げられて、もう自分の身体ではないように粘膜が矢神の指を心地よく食んでいる。

「ああっ、いや……ん……あぁっいやっ……もう……っ」

「気持ちいいんだろ？」

そうだ、どうしようもないほど気持ちいい。どうにかなりそうなほどだ。

「初めてだな。俺の前で、おまえが乱れるのって。もっとさらけだせ、かわいいから」

濡れた指で敏感なそこを刺激され、朝加の身体はひくりと痙攣《けいれん》する。

「そんなこと……ああっ……あ」

朝加の震える声に、矢神がふっと笑う。身体をくねらせ、腰をうきあがらせ、これ以上、淫らにひくつく場所で矢神の指をしめつけないように耐えた。

「そろそろ俺もやばい。いいな？」

うん、とうなずくよりも先に、硬い屹立《きつりつ》の切っ先がそこに触れるのがわかった。

「……ふ……っ」

ずるりと肉の環を捲りあげ、ゆっくりと彼が侵入してくる。その刺激に身体をこわばらせ、朝加はたまらず矢神の背に爪を立てた。

「ん……っ……ふ……んん……」

狭い肉の環がじわじわと内側から拡張され、深く挿りこんでくるものの圧倒的な質量に内臓が迫りあがっているような感覚をおぼえる。

痛い、重苦しい痛みに下肢が砕けそうだ。けれどそれ以上にその肉塊の熱さに粘膜が痺れたようになり、頭のなかがぼんやりと霞んで、わけがわからない。

「痛いのか?」

矢神の腕が腰を抱きよせてくる。汗ばんだ肌と肌がこすれ、結合が深まると、亀頭の先端がぐうっと奥へと挿りこみ、朝加は必死に彼の肩にしがみついた。

「——っ」

「つらいか?」

「晃ちゃん……つらい?」

「もっと……おまえのなかにいたいけど……おまえがつらいなら」

そっとぬきかけた矢神にしかし朝加はすがるように。

「ええから、ぬかんといて……もっと……いてくれてかまへんから……」

「だけど、朝加」

「いい……もっと入ってきて。めちゃくちゃ……いっぱいにして」

「いいのか？」

「うん……幸せやから……もっと……いっぱいにして」

矢神は朝加のひざを抱え、腰を動かしてきた。さらなる痛みを感じたが、こうして矢神とつながっている幸福感がそれを凌駕《りょうが》していく。

「ああぁっ……っあ……ああ」

ぐぅっと内臓を押しあげながら、矢神が腰を打ちつけてくる。体内がいっぱいいっぱいになっていく圧迫感。快感と甘い苦痛をともなったなやましい感覚に全身が支配される。

「んんっ……あっ……あぁ」

腿がうちふるえ、朝加は矢神の背に腕を巻きつけていた。

「晃ちゃん………っ……」

息を喘がせながら朝加は無意識のうちにうわごとを口にしていた。

「ん……どうした？」

「好き……」

自分がそう言っていることに気づいていなかった。粘膜を押しひらいて内側で膨張する屹

立に意識がくらんで、もうなにも考えられない。

「僕も……好きだよ」

愛しげに囁くと矢神がさらに朝加を引きつけ、律動を加速させながら深く突きあげてきた。

「ん……あぁ……」

痛みとも快感ともわからない痺れに身体がのけぞり、自分が絶頂をむかえようとしているのかどうかもわからない。

「あ……あぁ……！」

のぼりつめていくなか、強い風が縁側の障子をカタカタと軋ませているのがうっすらと聞こえてきた。冬の日本海の風。もうそこに淋しさも恐さも感じない。その音は長い歳月にはぐくまれ、ようやくたどり着けた自分の居場所がここなのだと、はっきりと語りかけてくれる、ただただ愛しいものでしかなかった。


それからどのくらい意識を失っていたのか。ふっと額に落ちた唇の感触に目を開けると、矢神が優しい目で自分を見ていた。

「朝加……もう離さないからな」

たくましい背に腕をまわし、朝加は矢神に唇をあずけた。ついばむようなキスがくりかえされる。十三年も想い続けたひとがこうして自分を腕に抱いてくれていることがまだ夢のようで、この幸せな時間から現実にもどるのが少し怖かった。矢神の首に腕をまわし、朝加はまぶたを閉じたままかすれた声で呟く。

「あ……と……晃……ちゃ……」

「どうした?」

汗に濡れ乱れた前髪のすきまから、矢神の黒い眸が優しく朝加を捉える。

その肩に額を置き、朝加は眸に涙がにじみそうになるのをこらえながらささやいた。

「ありがとう……晃ちゃん」

「……朝加」

胸の奥からこみあげてくる愛しさと感謝に衝き動かされ、朝加は祈るような想いで言う。

「ありがとう……好きになってくれて」

すると、矢神がぐいと耳たぶをひっぱる。そして見ひらいた朝加のまなじりにそっとキスし、有無を言わせない口調で命令してきた。

「ずっとそばにいろ。これからは俺の選挙事務長として」

「ぼくでええの? ぼく……マスコミにあんなふうにたたかれて」

「そのうち、みんな忘れるさ。俺がそれ以上の仕事をして、誰からも非難されないだけの結果を残せばいいだけだ。おまえもだ。がんばったらがんばった分、どん底からはいあがって敏腕秘書として、みんながおまえをたたえるようになる。俺はそれだけの覚悟をして記者会見に出たんだ」

矢神のその強さ。まっすぐ芯の通ったところ。ああ、やっぱり彼こそが政治家として日本をひっぱっていく人間だと改めて実感する。

そうだ、もっと自分も強い意味で彼を守れるようにならなければ。彼をスキャンダルや罠から守るために努力するのではなく、彼がもっと高みに、頂上までのぼっていけるように支えて守っていける秘書に。

(そうや、もっともっとぼくも上にあがる努力をせなあかん)

大学に行こう。そして政策秘書になれるよう勉強していこう。そう決意した。

「朝加、俺は一生結婚はしない。だからおまえがずっと陰で俺を支えるんだ」

「でも縁談を断ったら……官房長官に嫌われないか心配で」

「断ったんじゃない、断られたって言っただろう」

「美帆さんが断ってきたの?」

「ああ。おまえを守れなかったから。大事な秘書を逮捕させてしまうような、俺みたいなダラな議員の妻になるのはごめんだ、それより自分が議員になったほうがいいって。春の選挙で県会議員に立候補して、ゆくゆくは官房長官の地盤を継ぐって」

「そんなこと……彼女が」

いや、彼女ならそうするかもしれない。

「総理夫人より、自分が総理になりたいって。ヒラリーみたいに」

「官房長官とのパイプがなくなるのはもったいないけど……すごいね、美帆さん」

「毛利とのパイプなら大丈夫だ。おまえのオヤジ、毛利だから」

「えっ……オヤジって」

彼がなにを言いたいのかわからず、朝加は瞬きをわすれ、矢神を見あげた。

「たしかめたんだ。大阪の北新地のホステスとつきあってたことがあるかどうかを」

「晃ちゃん……」

「おまえの母親の名前を言ったらまちがいないって言うから、一度ＤＮＡ鑑定をうけてみないか？　世間的に公表できないかもしれないが、おまえに会いたいって言ってる」

「そんなこと……」

「だから縁談を断っても毛利との縁は切れないんだ。毛利は息子をさがした恩人として、俺を大事にしてくれるぞ」

どう答えていいかわからなかった。ただただ目を見ひらくことしか。

「兄がいなくなっても、父親が見つかったからそれでいいよな？」

気づかわしげに訊く矢神に朝加は内心で苦笑する。

「晃ちゃんこそ、いいの？　亡くなった弟さんの代わりがいなくなっても平気？」

するとに矢神がいぶかしげに朝加の目をのぞきこんできた。

「——亡くなった弟？」

「晃ちゃんが子供のとき……海で溺れた弟さんのこと……ぼくを彼の代わりにって」

心の傷にふれるような話題をだしてよかっただろうか。と不安になりながら訊いた朝加の顔を、矢神は一瞬目を眇めて見つめ、やがてふっと鼻で嗤った。

「え……あの嘘、ずっと信じてたのか？」

「嘘……？」

「おまえをここにひきとめるためについた嘘だ。何か理由をつけたほうがここに残りやすいと思って。——まだ信じてたのか？」

まじめな顔で訊かれ、朝加は硬直して矢神を見つめた。

嘘。ひきとめるための？

「そんな……」

たしかにそのおかげで自分はここにいていいんだと思って居心地がよくなったけど。

「誰にもたしかめなかったのか？」

「だって……そんなこと訊くのは……」

目を瞬かせている朝加に、矢神が気まずそうに苦笑する。

「そうだな、おまえは他人の傷にさわるようなことしないからたしかめるわけないか。ダイスケのこともコロリと信じたし」

「ひどいよ、嘘ばっかり」

「政治家は嘘つきでいいじゃないか。おまえみたいに、嘘のときは標準語、本音のときは関西弁みたいなわかりやすいやつとは、俺は出来が違うんだ」

「え……っ何のこと……」

「気づかなかったのか、おかげでおまえの本心ダダ漏れなのに」

そうだったのか？

「俺は自分が筋金入りの嘘つきだから、おまえのちょろい嘘なんてすぐに見抜けたよ」

「筋金入り？」

「だって、十三年、嘘をついてたんだ。俺の一番の嘘は、おまえへの気持ちを隠していたことだ。もう嘘はつかない。失いそうになって、二度と嘘をつくもんかと思った」

朝加の髪をくしゃくしゃと撫で、矢神がほおに唇をよせてくる。

「だからもう理由なんてなくても、これからは俺のそばにいてくれるか？」

「ええの？」

「いいんだ、そばにいてくれるだけで。それだけで俺の支えになるから」

「本当に？」

「ああ。そしてたまには笑ってくれ」

「笑う?」

上目づかいで問いかけた朝加に、矢神が目を細めてうなずく。

「前に言っただろ。選挙をたのむおまえの姿が好きだって。あのときだけ、おまえ、笑顔を絶やさないだろ」

「あれ……作り笑いやのに……」

「でもこの二年半で、俺がまともに見たおまえの明るい笑顔はそのときだけで。だから…」

そう言った矢神の言葉に泣きだしたいのをこらえ、朝加は固く目を瞑った。けれどまなじりからこらえきれず、ひと筋の涙がこぼれる。

「笑えって言ってるのに、泣くな」

肩を揺すられ、笑えと言われても、どうやって笑っていいかわからないほどの幸福感に満たされている。何度も笑おうとするのだが、涙があふれるばかりで。

やがて静かに矢神の腕のなか、朝加はそのまま倦怠感と睡魔に引きずりこまれるようにまぶたを閉じた。

「大好き」

次に目を覚ましたとき、獣医が連れてきてくれたダイスケがふたりの布団のなかに入りこみ、ぬくぬくと眠っていることなど想像もしないで。

＊

ひとひらふたひらと、美しいしだれ桜から雪のような花びらが舞い落ちていく。北陸に短い春が訪れたうららかな午後。

「ダイスケ、そろそろ能登空港に晃ちゃんを送りにいくよ」

車の準備をすませ、朝加はいつものように犬のダイスケを車の後部座席に招き入れた。

夕刻の能登空港発、羽田行の飛行機に乗って矢神は東京にむかう。

「おいっ、ダイスケ、ダメだぞ、これは俺の夕食なんだからな」

助手席に座り、後ろのダイスケに犬用のおやつをわたしたあと、矢神は紙袋に入った握り飯を口にほおばっている。運転席に座り、朝加はエンジンをかけた。

「俺が金曜にこっちに帰ってくるときには……もう桜は散ってるかな」

加賀苑のまわりの桜並木は、今が盛りとばかりに満開の花を咲かせているが、明日から雨が降るらしいので、きっともう矢神が次に能登半島に帰ってくるときには殆どの花が散っていることだろう。

「また、同じような毎日が始まるね」

海辺の道を進みながら、朝加はぼそりと呟いた。

冬と違ってこの季節の海は静かに凪いでいる。西からの太陽の光を浴び、海のあちこちが金色にきらめき、ああ、春がやってきたのだという実感をおぼえる。

「同じじゃない。もっと忙しくなる。多分……今回、俺、党の役員になるから」

「本当に?」

「ああ、少子化対策か、国際児童保護対策か何かよくわからないけど」

「そうか。そしてその次は入閣だね」

この春の総選挙で、矢神は二位以下に大差をつけて選挙区での当選を果たした。この数カ月の間、矢神は朝加のような子供を増やしたくないという信念を前面に押し出し、児童虐待や少子化対策、教育への支援やいじめ問題解決のために働きかけた。

さわやかで凛々しい風貌の議員が、子供の問題のために一生懸命活動している姿は、多くの有権者の心をつかみ、あの当時に矢神が言ったとおり、朝加の事件のことなどなかったかのように人々は矢神を支援するようになっていった。

「これからが正念場だね。ぼくも黒衣——政策秘書を目指すことにしたから、まずは次の高認合格を目指さないと。美帆さんがいいテキストをたくさんくれたんだよ」

美帆……矢神の見合い相手だった女性で、朝加の異母姉《あね》。

彼女は、何とこの春の選挙で県会議員に当選してしまった。

朝加が毛利官房長官の実子だということがわかってからはしきりにスカウトしてくる。

さすが自分の異母弟《おとうと》、どおりで優秀だと思った……などと言いながら。父親が水商売の女性と浮気していた事実を乗り越え、彼女がそうして自分を弟と認めてくれることに、朝加は喜びを感じていた。だから矢神の次に応援している。

『私が代議士になったら、私の黒衣になりなさいよ。矢神みたいな甘ちゃん代議士よりも私のほうが総理になる可能性が高いわよ』

たしかに矢神より彼女のほうが出世が早そうな気がしないでもないが。

「美帆か。朝加、あの性悪のアマには気をつけろよ。あいつは俺からおまえを奪う気でいるから。秘書になって欲しいと誘われても断るんだぞ」

ごめん、もうとっくに誘われている……と言うと、矢神が本気で美帆と喧嘩をしてしまいそうなのでやめておこう。

「ぼく、美帆さん好きだよ。あの人が姉さんだなんて、とってもうれしい。晃ちゃんもあのひとに負けないようがんばってね」

空港の駐車場につき、エンジンを停めると、朝加は矢神にほほえみかけた。するとまわりをたしかめたあと、矢神がくいとあごに手をかけ、唇を近づけてくる。

「いいな、今日から俺が帰ってくる金曜まで、ダイスケ以外には触れさせるなよ」

「大丈夫だよ、何でそんな心配するの」

「おまえ、エロいじゃないか。昨日も一昨日も……おまえのせいで俺は寝不足だ」

その言葉にやれやれと朝加はため息をつきたくなる。その件に関してはこっちのほうが文句を言いたい。いいかげん解放してくれとたのんでも、昨日も一昨日も、会えない分だけしておきたいと言って、どれだけすれば気が済むのかというほど激しかったのは誰なのか。

矢神の部屋の布団のシーツをあとで洗う人間の身にもなって欲しい。あんなの誰にもたのめないじゃないか。

「じゃあ、いいよ、来週から自分の部屋で寝るよ」

「え……ダメだ、それは。ダイスケに会えなくていいのか」

「だってダイスケは、いつもぐっすり寝てるじゃないか。ぼくだってぐっすり寝たいのに、晃ちゃん、ぜんぜん寝かせてくれなくて」

「いいだろ、十三年分、とりもどしたいんだ。まだおまえが俺のものになって三カ月しか経っていない。たった三カ月だ、どんなに愛しても愛したりない」

真顔でそう言われ、唇を重ねられ、朝加は「そうだね」と小さく呟くと、その肩に手をかけた。

「ん……っ……」

舌を絡めあい、深く挿りこんできた舌にすべてをゆだねる。

出会ってから十三年以上が経つ。

けれど想いが通じ合ってからはまだ三カ月しか経っていない。どんなにキスしても、どんなに身体をつないでも足りなくて仕方ない。

「ぼくもだよ。だから待ってる。晃ちゃんが国政の場でがんばって働いて、北陸に帰ってくるのを地元で心待ちにしているから……またぼくのところに帰ってきてね」

朝加は矢神をじっと見つめてほほえんだ。

朝加のいるところが矢神の居場所で、矢神のいるところが朝加の居場所。ずっとこうして一緒にいられるのだという喜びと幸福感が心に広がっていく。

「ああ。待ってろ。じゃあ、行ってくるから」

桜が舞うなか、彼が背をむけて空港にむかっていく。

いつも見送ってきたその背中。春の陽射しを浴びながら空港に消えていく矢神。

「いってらっしゃい、晃ちゃん。いつか政策秘書になって、ぼくもそのうち一緒に飛行機に乗っていけるようにするから」

彼の背にそう誓いながら、朝加はダイスケを連れて空港をあとにした。

次の金曜までの数日間、また自分を優しく抱きしめてくれる彼の帰郷まで、自分も精一杯やれることをやっておこう。そんな気持ちとともに。

春の名残を惜しみながら、はらはらと白い花が雪のように舞い落ちてくる、ふたりが出会った海沿いの道を――。

あとがき

初めまして＆こんにちは。このたびはお手にとって頂き、ありがとうございます。

雪の降る北陸が舞台の、おさななじみ同志の切ない純愛に挑戦しました。身分差（御曹司と孤独な男の子）、主従関係（代議士と秘書）等も楽しんで頂けたら嬉しいです。

小椋ムク先生、優しさと切なさに満ちた素敵なイラストをありがとうございました。表紙を見ているだけできゅんきゅん。ラフで頂いたダイスケもむきゅーとしたい愛らしさでした。ご一緒できまして本当に嬉しかったです。

細やかに改稿の相談に乗って下さった担当様、この本を出して下さった編集部、当時北陸についていろいろ教えてくれた金沢出身のMさんにも心からの御礼を。

この話は、実は、以前、別作品の取材で代議士の先生と私設秘書の方にお世話になった時に思いつき、雑誌用の短編として仕上げたものでした。今回、八年のタイムラグに四苦八苦しながら一冊にまとめましたが、ずっと待って下さっていた皆様にも新たな形で楽しんで頂けたら嬉しいです。もちろん初めましての皆様にも少しでも楽しんで頂けますように。よかったらひと言でも感想等、頂けましたら大変幸せです。

紅葉の京都にて（今回の関西弁、京言葉寄りですみません）。華藤　えれな

華藤えれな先生、小椋ムク先生へのお便り、
本作品に関するご意見、ご感想などは
〒101-8405
東京都千代田区三崎町2-18-11
二見書房　シャレード文庫
「雪の褥に赤い椿」係まで。

雪の褥に赤い椿
小説リンクス　2006年2月号「All of you」より改題、大幅加筆修正

CHARADE BUNKO

雪《ゆき》の褥《しとね》に赤《あか》い椿《つばき》

【著者】華藤《かとう》えれな

【発行所】株式会社二見書房
東京都千代田区三崎町2-18-11
電話　03(3515)2311［営業］
　　　03(3515)2314［編集］
振替　00170-4-2639
【印刷】株式会社堀内印刷所
【製本】ナショナル製本協同組合

落丁・乱丁本はお取り替えいたします。
定価は、カバーに表示してあります。

©Elena Katoh 2013,Printed In Japan
ISBN978-4-576-13171-9

http://charade.futami.co.jp/

CHARADE BUNKO

スタイリッシュ&スウィートな男たちの恋満載

シャレード文庫最新刊

きみはやっぱり王子様だ

スーパー♡ラブ

桂生青依 著　イラスト＝木下けい子

常連客から「王子」と呼ばれ、地元に愛されているスーパーの店長・恵。ある日、クレーム客の対応に困っていた恵を助けてくれたのは、スーパーには不似合いなきっちりとしたスーツを着た、イケメンと噂の客・鈴木だった。それを機に言葉を交わすようになった二人は、次第にプライベートも過ごすようになるが——。